ECONÔMICO

ECONÔMICO
Xenofonte

Tradução
ANNA LIA AMARAL DE ALMEIDA PRADO

Martins Fontes
São Paulo 1999

Título do original grego: ΟΙΚΟΝΟΜΙΚΟΣ
Copyright © Livraria Martins Fontes Editora Ltda.,
São Paulo, 1999, para a presente edição.

1ª edição
agosto de 1999

Tradução
ANNA LIA AMARAL DE ALMEIDA PRADO

Revisão gráfica
Ivete Batista dos Santos
Lígia Silva
Produção gráfica
Geraldo Alves
Paginação/Fotolitos
Studio 3 Desenvolvimento Editorial (6957-7653)

Dados Internacionais de Catalogação na Publicação (CIP)
(Câmara Brasileira do Livro, SP, Brasil)

Xenofonte
  Econômico / Xenofonte ; [tradução Anna Lia Amaral de Almeida Prado]. – São Paulo : Martins Fontes, 1999. – (Clássicos)

  ISBN 85-336-1094-7

  1. Sócrates – Influência 2. Xenofonte. Econômico I. Título. II. Série.

99-3295   CDD-888.01

Índices para catálogo sistemático:
1. Econômico : Xenofonte : Período antigo :
   Literatura grega clássica   888.01
2. Xenofonte : Econômico : Período antigo :
   Literatura grega clássica   888.01

Todos os direitos para a língua portuguesa reservados à
Livraria Martins Fontes Editora Ltda.
Rua Conselheiro Ramalho, 330/340
01325-000 São Paulo SP Brasil
Tel. (011) 239-3677 Fax (011) 3105-6867
e-mail: info@martinsfontes.com
http://www.martinsfontes.com

Prefácio

O autor

Xenofonte de Atenas nasceu no demo de Érquia, provavelmente entre os anos de 430 e 425 a.C., filho de uma família de abastados proprietários de terras. A narração viva e pormenorizada da batalha que houve na guerra civil, após a derrubada dos Trinta (*Helênicas*, II, 24-43), sugere a sua participação pessoal na cavalaria ao lado dos oligarcas. Participou da campanha de Ciro, o Jovem, em sua luta pelo poder contra seu irmão Artaxerxes, o Grande Rei. Na retirada das tropas através da Ásia Menor, comandou a retaguarda do contingente grego e, em 399 a.C., entregou o comando do que restava dos 100.000 homens a Tíbron, general espartano. Em seguida ligou-se a Agesilau, rei de Esparta, e participou de sua campanha contra os persas na Ásia Menor. Quando o rei foi forçado a regressar à sua pátria, Xenofonte o acompanhou e, na batalha de Coronéia, em 394 a.C., esteve ao seu lado.

Exilado de Atenas por sua adesão aos inimigos de sua cidade, fixou-se em Esparta. Os espartanos o agraciaram com a proxenia e com uma propriedade em Escilunte, na Trifília, onde viveu algum tempo como proprietário de terras e escritor. Quando, depois de Leuctra, Esparta perdeu a hegemonia sobre a Grécia, Xenofonte deixou sua propriedade em Escilunte e transferiu-se para Corinto. A aproximação entre Esparta e Atenas contra Tebas, o inimigo comum, permitiu a revogação de seu exílio.

Não é certo que tenha voltado a residir em Atenas, mas sabe-se que seus filhos, Grilo e Diodoro, serviram na cavalaria ateniense, e que o primeiro morreu na batalha de Mantinéia. Pode-se presumir que Xenofonte tenha morrido depois de 359 ou 355 a.C., com aproximadamente setenta anos.

A obra

É difícil estabelecer a cronologia das obras de Xenofonte, assim como classificá-las com rigor quanto ao seu gênero. Excluídas as obras erroneamente atribuídas ao autor (*Cinegético*, *Cartas*, *Fragmento sobre Teógnis*, citado por Estobeu, e a *Constituição dos atenienses*), podemos apresentá-las em três grupos:

– escritos históricos: *Anábase* (8 livros); *Helênicas* (7 livros); *Elogio de Agesilau*.

– escritos pedagógico-éticos e técnicos: *Ciropedia* (8 livros); *Hieron*; *Constituição dos lacedemônios*; *Recursos*; *Sobre a equitação*; *Hipárquico*.
– escritos socráticos: *Memoráveis, Econômico, Banquete, Apologia*.

A tradição guardou o nome de Xenofonte juntamente com o de Heródoto e de Tucídides, lembrando-o como um dos grandes historiadores gregos do período clássico. De fato, entretanto, dentro de sua vasta produção literária, só uma obra, *Helênicas*, mereceria ser mencionada como trabalho de um historiador.

Embora a *História da Guerra do Peloponeso* de Tucídides tivesse como objeto um tema mais restrito, isto é, a história de Atenas em busca da conquista da hegemonia na Grécia, o autor dá continuidade à narrativa de Heródoto, retomando-a justamente no ponto em que seu antecessor a abandonou.

Do mesmo modo, Xenofonte continua o relato de Tucídides no momento em que sua obra se interrompe abruptamente, nos acontecimentos relativos ao ano de 411 a.C.

Pode-se, entretanto, dar razão a Felix Jacoby, que considera o conjunto formado por Heródoto, Tucídides e Xenofonte como a "tríade mais artificial de nossa literatura".

É evidente que Xenofonte, ao escrever as *Helênicas*, desejou ser o continuador de Tucídides, já que manteve, embora só nos dois primeiros livros das *Helênicas*, os princípios que nortearam a exposição histórica de Tucídides. Se, porém, exteriormente tentou preservar os critérios de exposição histórica tucidideana, não o fez quanto ao essencial da *História da Guerra do Peloponeso*: a busca da causa verdadeira, a pesquisa apaixonada da verdade mais profunda e dos fatores que influem no curso da história, a reflexão sobre as forças que condicionam os atos dos condutores da política e os limites a que a iniciativa deles está sujeita.

O Econômico

Na vasta obra de Xenofonte, o *Econômico* faz parte, como vimos, do grupo de escritos socráticos, aqueles que têm Sócrates como protagonista. Embora não tenha pertencido ao círculo de discípulos de Sócrates, nem o tenha acompanhado durante o julgamento que o condenou à morte, Xenofonte conheceu-o bastante para desejar preservar para os pósteros as lembranças que lhe ficaram do mestre. Traçou, como Platão, o retrato do filósofo, registrou seus pensamentos e momentos de sua carreira de educador dos jovens atenienses de seu tempo. Não podemos, porém, iludir-nos e procurar ver, na obra de Platão ou de Xenofonte, a verdadeira figura de Sócrates ou o cerne de sua doutrina. Em seus livros, como acontece em toda literatura socrática contemporânea, Xenofonte mistura as lembranças que guardava dos ensinamentos de Sócrates com suas próprias concepções éticas e idéias em voga em seu tempo. Os diálogos que sua obra registra são fictícios, como os platônicos, e procuram reproduzir literariamente o processo do método dialético que, para Sócrates, era a única via que poderia levar à descoberta da verdade.

O *Econômico* é um *lógos oikonomikós*, um tratado eminentemente prático sobre a economia, a arte de bem administrar o *oîkos,* em que, usando o recurso literário da apresentação do tema sob a forma de diálogo, Xenofonte faz que Sócrates, durante um encontro com amigos, fale por ele em defesa de suas idéias.

Oîkos, como se depreende claramente do texto do diálogo, é uma palavra cujo campo semântico é mais amplo que o de *oikía,* um termo cognato, e cujo significado pode ser bem apreendido através da oposição a um outro termo, *pólis,* cidade. Na *pólis* os indivíduos agem como cidadãos, isto é, participam do governo exercendo os vários cargos civis ou militares ou então se submetem às decisões daqueles a quem incumbiram de representá-los diante da comunidade. Enquanto a *pólis* é o âmbito do político e do público, *oîkos* é o âmbito do privado, o espaço em que o indivíduo age como membro de uma família e, como tal, defende seus interesses particulares, tendo deveres a cumprir em relação aos membros de sua família, às suas tradições e também em relação aos seus bens. Nesse sentido, como membro de uma família, o indivíduo insere-se em seu *oîkos* como o cidadão em sua *pólis* e assim pode-se dizer que o indivíduo está para o seu *oîkos* assim como o cidadão está para sua *pólis*.

O *oîkos*, portanto, é muito mais que a *oikía*, a casa onde reside uma família. É tudo o que a família possui, a *oikía* em si com seu mobiliário e adornos, os bens quer em dinheiro, quer em terras e, mais que tudo, os seus valores éticos e tradições.

Como a *pólis* precisa de bons governantes, o *oîkos* precisa de bons administradores e a tarefa de Xenofonte, no *Econômico*, é procurar identificar as qualidades do bom chefe do *oîkos* e traçar a estratégia para a formação de bons administradores do patrimônio familiar.

Ao tratar do homem em sua vida particular como membro do *oîkos*, como indivíduo que administra seus bens e tem obrigações para com a família, Xenofonte focaliza a atividade cotidiana na qual o homem e a mulher têm suas funções específicas. Não faz referências ao momento político, aos deveres do cidadão em relação aos problemas da *pólis*, que, no diálogo, aparece como simples pano de fundo para a ação das personagens que estão em cena. O centro de interesse é a casa, que é governada pela esposa, a dona de casa, e é a propriedade de que se ocupa o esposo, o chefe da família.

O diálogo está estruturado em duas partes distintas. Na primeira (I-VI), sem um prólogo que indique o local, a ocasião ou as pessoas presentes, Xenofonte – é ele o narrador, embora não diga expressamente – rememora uma conversa entre Sócrates e Critobulo, jovem e rico proprietário de terras, na qual o mestre tenta convencer seu interlocutor de que a economia é um saber como a medicina, a metalurgia ou carpintaria e de que, tanto quanto qualquer artesão, sendo um proprietário de terras, ele deverá adquirir conhecimentos que o ajudem a ter sucesso na gestão de seus bens, porque a propriedade não é um bem, se não traz proveito a seu dono, e, se não souber administrá-la adequadamente, não será capaz de tirar proveito dela.

Surpreendente é ouvir Sócrates, numa longa tirada, pronunciar um verdadeiro discurso em que estão presentes os instrumentos da retórica para fazer o elogio da vida no campo e da agricultura (cap. V), fechando a primeira parte do *Econômico*. Critobulo, convencido pelas palavras de Sócrates de que é preciso conhecer, ponto por ponto, o que deve fazer para tornar produtivas suas terras, quer saber mais sobre o assunto. A segunda parte (VIII-XXI) insere-se no contexto como o encaixe do relato de um diálogo entre Sócrates e Iscômaco, rico proprietário, com quem Sócrates foi ter depois de muito procurar na cidade alguém que pudesse ser tomado como modelo por suas qualidades de caráter e habilidade na gestão de sua propriedade. Já que na cidade a maioria de seus concidadãos dizia que Iscômaco era, indiscutivelmente, um homem de bem, um daqueles a quem cabe ser qualificado como belo e bom (*kalòs kaì agathòs anér*), Sócrates o procurou para informar-se sobre o que seria preciso saber e fazer para tornar-se um homem que, como ele, pudesse merecer o apreço de seus concidadãos.

Os encaixes sucessivos de relatos, sob a forma de narrativas que incluem pequenos diálogos, e sobretudo a inserção do longo diálogo entre Sócrates e Iscômaco, que ocupa dois terços da obra, e no qual também estão incluídos outros diálogos menores, dão ao *Econômico* uma estrutura complexa, com mudanças de narrador, de tempo e lugar.

A presença de Sócrates, na primeira parte caracterizado como mestre de Critobulo e na segunda como discípulo de Iscômaco, o uso da dialética como recurso didático para chegar à verdade e também as referências ao valor do trabalho agrícola são elementos comuns às duas partes. Mas os dois diálogos só se integram porque o diálogo de Sócrates/Iscômaco, embora seja apresentado em segundo lugar, no tempo real precede o diálogo Sócrates/Critobulo ao qual ele fornece o conteúdo e a justificativa. Isso acontece porque, na ficção do *Econômico*, o Sócrates que é o interlocutor de Critobulo, embora disso o leitor não seja informado no momento do relato, já estivera com Iscômaco, que acedera ao seu pedido e lhe mostrara o que devia fazer para tornar-se um homem que, como ele, merecesse o epíteto de *kalòs kaì agathós*: viver uma vida simples e próxima da natureza, ser disciplinado e dedicado ao trabalho, saber realizar pessoalmente as tarefas para ser capaz de orientar os auxiliares e exercer autoridade sobre eles.

Assim, ao término da leitura do *Econômico*, mesmo para quem se lembra das palavras atribuídas a Sócrates por Platão: "As árvores e os campos nada têm para ensinar-me" (*Fédon*, 230 d), ganha verossimilhança o discurso apaixonado que ele pronuncia em louvor da vida do homem do campo, do trabalho da terra e do cultivo de jardins e pomares, porque verá que, ao fazer-se discípulo, ele também procurou descobrir, com ajuda de outrem, um novo caminho que lhe ensinasse a justiça. Encontrando-o no exercício da agricultura, cujas tarefas exigem disciplina, renúncia ao luxo e à ociosidade, empenhou-se em transmitir essa nova via de aperfeiçoamento físico e ético aos jovens que procuravam seus ensinamentos.

O *Econômico* é um exemplo muito expressivo de como Xenofonte usou a figura de Sócrates e da memória de suas lições para garantir boa recepção do público para suas obras, nas quais procurava divulgar ensinamentos práticos sobre assuntos de seu interesse. É assim que vemos Sócrates interessar-se pelas lições de Iscômaco, que lhe diz como a mulher deve governar a casa e quais são as atribuições da esposa, cujo papel no interior da *oikía* corresponde, ponto a ponto, ao do esposo que, como varão, desempenha suas funções fora da casa. Ambas as funções exigem as mesmas qualidades psicológicas e éticas: prudência, moderação, modéstia, amor ao trabalho, desejo de adquirir novos conhecimentos e transmiti-los aos outros, capacidade de delegar funções e de exercer sua autoridade.

O *Econômico*, segundo notícias que temos, foi traduzido por Cícero, o que mostra o interesse que despertou desde a Antiguidade. A antológica passagem relativa aos deveres da mulher no interior do lar (VII, 10 – X) é muito valiosa como fonte de informações sobre a vida doméstica na época, principalmente sobre o estatuto da mulher na sociedade de seu tempo.

Anna Lia Amaral de Almeida Prado

ECONÔMICO

Uma conversa sobre a administração do patrimônio familiar

I

1. Eu o ouvi, um dia, conversando sobre a economia, a administração do patrimônio familiar, nestes termos:

— Dize-me, Critobulo, a economia é um saber como o é a medicina, a metalurgia e a carpintaria?

— É o que penso, disse Critobulo.

2. — E, da mesma forma que poderíamos dizer qual é a tarefa de cada uma dessas artes, poderíamos também dizer qual é a sua tarefa?

— Penso, disse Critobulo, que do bom administrador é próprio administrar bem o seu patrimônio familiar[1].

---

1. Οἰκονομία, palavra composta de dois elementos: οἰκο, tema derivado de οἶκος, que, na acepção primitiva, significa *casa, moradia, pátria* (cf. οἰκία), mas assumiu um sentido mais amplo designando o conjunto de bens relativos a uma família; νομία, da raiz de νέμω, que significa gerir de maneira correta, administrar. Daí a tradução de οἰκονομία como administração de patrimônio familiar.

3. – E o patrimônio de outrem, disse Sócrates, se alguém dele o incumbisse, não poderia, se quisesse, administrar bem como o seu? Quem conhece a carpintaria poderia fazer para outrem justamente o que faz para si e o mesmo faria, talvez, o administrador do patrimônio.

– Penso que sim, Sócrates.

4. – Então, disse Sócrates, quem conhece essa arte, mesmo no caso de não ter dinheiro, pode, como quem constrói uma casa, receber salário administrando o patrimônio de um outro?

– Por Zeus! pode e ganharia bom salário, disse Critobulo. Se recebesse um patrimônio e, conseguindo um superávit, fizesse crescer o patrimônio.

5. – E para nós o que é um patrimônio? Será a casa ou também é patrimônio tudo quanto alguém possui fora de casa? Tudo isso também faz parte do patrimônio?

– Eu penso que sim, disse Critobulo. Mesmo que o proprietário não o tenha na mesma cidade, tudo o que alguém tenha, faz parte de seu patrimônio.

6. – E algumas pessoas também não possuem inimigos?

– Por Zeus! e alguns, muitos!

– E afirmaremos que os inimigos são posse deles?

– Mas seria ridículo, disse Critobulo, alguém fazer crescer o número de seus inimigos e, ainda por cima, receber uma paga por isso!

7. – É que pensávamos que patrimônio de um homem fosse o mesmo que propriedade.

– E é! Por Zeus! disse Critobulo. Mas o que de bom ele possui... Não, por Zeus! eu não chamo propriedade, se é algo mau.

– Acho que chamas propriedade o que é proveitoso para cada um.

– É bem assim, disse. O que prejudica mais eu considero perda que riqueza.

8. – Ah! e, se alguém compra um cavalo, não sabe usá-lo e, caindo, dá-se mal? Para ele o cavalo não é uma riqueza?

– Não, se é que a riqueza é um bem.

– Ah! nem a terra é riqueza para um homem que a trabalha de tal forma que, mesmo trabalhando, sofre perda?

– Mesmo a terra não é riqueza, se, ao invés de nutrir, faz com que se passe fome.

9. – Então com as ovelhas acontece o mesmo. Se alguém, por não saber usar as ovelhas, sofresse perda, nem as ovelhas seriam riqueza para ele?

– Penso que não.

– Então, acho eu, consideras o que traz proveito riqueza, o que prejudica, não-riqueza.

– É isso.

10. – Ah! as mesmas coisas são riqueza para quem sabe usá-las e não são riqueza para quem não sabe.

Flautas, por exemplo, para quem sabe tocar bem são riqueza e, para quem não sabe, nada mais que pedras inúteis.

— A não ser que as venda...

11. — O que nos parece, então, é que para os que as vendem são riqueza, mas, para os que não as vendem e ficam na posse delas, não são, se não sabem usá-las.

— E não há discordância, Sócrates, no andamento de nossa discussão, já que está dito que o proveitoso é riqueza. Se não são vendidas, as flautas não são riqueza, pois não são úteis, mas, se vendidas, são riqueza.

12. A isso Sócrates respondeu:

— Se é que ele sabe vender... Se, por sua vez, vendesse a quem não soubesse usá-las, mesmo quando vendidas, de acordo com o que estás dizendo, não seriam riqueza.

— Acho, Sócrates, que estás dizendo que nem o dinheiro é riqueza para quem não sabe usá-lo.

13. — Penso que concordas até este ponto: aquilo de que alguém pode tirar proveito é riqueza. Em todo caso, se alguém usasse o dinheiro para comprar, por exemplo, uma amante, por causa dela, pior ficaria seu corpo, pior sua alma e pior seu patrimônio. Mesmo assim tiraria proveito do dinheiro? Como?

– De forma alguma, a não ser que afirmemos que é riqueza a erva chamada hióscimo[2], cuja ação faz quem as come ficar louco.

14. – Então o dinheiro, se alguém não sabe usá-lo, que ele o afaste tão longe de si, Critobulo, que não lhe seja riqueza! Mas e os amigos? Se alguém sabe usá-los de forma que tire proveito deles, o que diremos que são?

– Riqueza, por Zeus! disse Critobulo. E muito mais que os bois, se forem mais proveitosos que os bois.

15. – Ah! e os inimigos? De acordo com o que dizes, são riqueza para quem sabe tirar proveito dos inimigos.

– É o que penso.

– Ah! é próprio do bom administrador do patrimônio saber usar até os inimigos de tal forma que tire proveito dos inimigos.

– É bem isso.

– E vês, de fato, Critobulo, disse ele, quantos patrimônios de particulares, e de tiranos também, cresceram com a guerra.

16. – Quanto a isso, penso eu, está bem o que já foi dito, Sócrates, disse Critobulo. Mas o que nos parece quando, de um lado, vemos que alguém tem saber e meios com que, trabalhando, pode fazer crescer seu patrimônio, e, de outro, percebemos que não

---
2. Planta da família das Solanáceas com propriedades narcóticas. Em grego υοτκύαμος, isto é, fava de porco.

o quer fazer e, por isso, vemos que seu saber em nada lhe é proveitoso? Para essa pessoa nem o saber nem as propriedades são riqueza?

17. – É a respeito dos escravos, Critobulo, que procuras discutir? disse Sócrates.

– Não, por Zeus! disse. Não é a respeito deles, mas de algumas pessoas consideradas bem nascidas que eu vejo tendo, umas, as ciências da guerra, e outras, as da paz, mas não querendo exercê-las porque, penso eu, justamente não têm um senhor.

18. – E como não teriam senhores? Não se gabam de serem felizes, não querem fazer aquilo donde teriam coisas boas e disso não são impedidos pelos que os governam?

– Mas quem são esses, disse Critobulo, que os governam mesmo sendo invisíveis?

19. – Por Zeus! disse Sócrates. Não são invisíveis! Ao contrário, são bem visíveis. Que são muito maus nem tu podes deixar de ver, se julgas que a ociosidade, a fraqueza de alma e a negligência são maldade. **20.** E há umas outras senhoras enganadoras que se fazem de prazeres, a jogatina e a má companhia, que, com o correr do tempo, aos que foram enganados, revelam-se como sofrimentos disfarçados em prazeres e, dominando-os, os afastam das ações proveitosas.

21. – Mas também outros há, Sócrates, disse, que por elas não são impedidos de trabalhar mas, ao contrário, são muito apegados ao trabalho e à busca de ganho para si mesmos. Até seu patrimônio, contudo, exaurem e ficam emperrados pela ausência de recursos.

22. – Escravos são também esses, disse Sócrates, e de senhoras muito duras, uns da gulodice, outros da libertinagem, outros da embriaguez, outros de ambições tolas e dispendiosas que tão duramente governam os homens sobre os quais têm o domínio que os obrigam, enquanto os vêem jovens e aptos a trabalhar, a trazer-lhes o produto do trabalho e a pagar por suas próprias paixões, mas, quando os percebem incapazes de trabalhar por causa da velhice, deixam-nos envelhecer miseravelmente e, de novo, tentam usar outros como escravos. **23.** Ora, Critobulo, contra isso é preciso lutar em defesa de nossa liberdade não menos do que contra os que, em armas, tentam escravizar-nos. Veja! até inimigos, quando são homens belos e bons[3], se na guerra escravizam adversários, chamando-os à razão, eles os obrigam a se tornarem melhores e os fazem viver vida menos penosa daí em diante. Tais senhoras, porém, não deixam de desfigurar os homens em seus corpos e almas, enquanto os têm sob seu poder.

....
3. A expressão καλοὶ κἀγαθοὶ ἄνδρεσ geralmente é traduzida como *homens de bem*. Preferimos traduzi-la literalmente, tendo em vista compreensão melhor de passagens posteriores em que ela ocorre. Cf. VI, 8; VI, 12-17; VII, 2-3 e outras.

II

1. Critobulo a isso respondeu mais ou menos assim:

— A respeito de tais paixões, penso que as palavras que ouvi de ti me bastam. Examinando a mim mesmo, penso que me descubro capaz de manter tais paixões sob controle. Assim, se me aconselhasses o que poderia fazer para aumentar meu patrimônio, não seria impedido, penso eu, por essas senhoras, como tu as chamas. Vamos! sem hesitação dá-me o bom conselho, qualquer que seja! Ou tens contra nós a idéia, Sócrates, de que somos suficientemente ricos e, na tua opinião, para nada precisamos de dinheiro a mais?

2. — Se falas de mim também, disse Sócrates, eu não preciso. Na minha opinião, não preciso de mais riquezas, mas sou rico o bastante. Tu, porém, Critobulo, na minha opinião, és muito pobre e, por vezes, até eu me lastimo por ti.

3. E Critobulo falou com um sorriso:

— Pelos deuses, Sócrates! Quanto julgas que terias por tua propriedade, se vendida, e quanto eu pela minha?

— Julgo, disse Sócrates, que, se encontrasse um bom vendedor, por tudo o que tenho, juntamente com a casa, teria muito facilmente cinco minas; mas o que tens, sei muito bem, teria mais que cem vezes esse valor.

4. – E, apesar dessa apreciação, julgas que não precisas de dinheiro a mais e tens pena de minha pobreza?

– O que tenho, disse, é bastante para oferecer-me o que me é suficiente, para manter o modo de vida em que estás envolvido e tua reputação, nem que tivesses três vezes o que tens agora, nem assim, penso eu, isso te seria bastante.

5. – Por que isso? perguntou Critobulo.

Sócrates explicou:

– Porque te vejo, em primeiro lugar, na necessidade de oferecer muitas vezes grandes sacrifícios, sem o que, julgo, não resistirias nem a homens nem a deuses; depois, receber muitos estrangeiros e fazê-lo com magnificência; depois, oferecer banquetes aos concidadãos e prestar-lhes favores ou ficar sem aliados. **6.** Percebo ainda que a cidade exige que pagues grandes tributos: manutenção de cavalos, subvenção aos coros e às competições ginásticas, e o exercício da presidência; e, se ocorrer uma guerra, sei bem que te imporão a trierarquia[4] e tantas contribuições que não te será fácil suportá-las. Se acharem que cumpres alguns desses encargos não a conten-

---

4. Em Atenas, os cidadãos mais ricos deviam responsabilizar-se pelo financiamento de determinadas obras e instituições da cidade. A mais pesada das liturgias, como eram chamados esses encargos, era a trierarquia, o ônus do pagamento das despesas com as armas e equipamento de uma trirreme.

to, sei que os atenienses te punirão como se te apanhassem roubando seus bens. **7.** Além disso, vejo que te julgas rico e descuidas dos meios de ganhar riquezas, mas estás atento a casos com jovenzinhos, como algo permitido a ti. Por isso me lastimo por ti, temendo que sofras algo irremediável e chegues a uma grande indigência. **8.** E, quanto a mim, se precisasse de algo a mais, eu sei, e tu reconheces, bastariam alguns para, com pequenas contribuições, inundar com sua liberalidade a minha morada; os teus amigos, mais que tu para o teu, têm o suficiente para o trem de vida deles, mas, mesmo assim, olham-te como que na expectativa de ajuda vinda de ti.

9. E Critobulo disse:

– Eu a esses argumentos não posso contradizer. Vamos! é hora de seres meu tutor para que, de fato, não me torne digno de lástima.

Então Sócrates, depois de ouvi-lo, disse:

– Não te parece estranho que faças isso? Há pouco, quando eu afirmava que sou rico, riste de mim, como se eu nem soubesse o que é riqueza, não paraste de rir antes de deixar claro o meu erro e fizeste-me concordar que não possuo nem a centésima parte de teus bens. Agora ordenas que eu seja teu tutor e cuide que não te tornes, absoluta e verdadeiramente, um pobre!

10. – Vejo, Sócrates, disse, que, no que diz respeito à riqueza, conheces um único trabalho produtivo, conseguir superávit. Quem consegue economizar a partir do pouco que tem, a partir de muito, espero, conseguirá facilmente um superávit.

11. – Não te lembras de que, há pouco, em nossa conversa, nem resmungar me deixaste, dizendo que, para quem não sabe usar os cavalos, não são riqueza os cavalos, e nem a terra, nem as ovelhas, nem dinheiro, nem nada mais, quando não se sabe usá-los? Bem! os lucros vêm de coisas como essas. Eu, porém, jamais, de modo algum, as tive. Pensas que eu poderia saber usá-las? Como?

12. – Mas pensávamos que, caso alguém não possua riqueza, mesmo assim, há um saber, o da administração do patrimônio familiar. Que impede, portanto, que mesmo tu o tenhas?

– Por Zeus! justamente o que impediria um homem de saber tocar flauta, se jamais tivesse possuído flautas, nem um outro lhe tivesse permitido aprendê-lo nas dele. Essa é também a minha situação relativa à administração do patrimônio. **13.** Jamais possuí riquezas, o instrumento adequado para aprendê-la, nem jamais um outro me entregou suas riquezas para que eu as administrasse, exceto tu, que agora pretendes fazer isso. Mas os que começam a aprender a tocar cítara podem muito bem estragar até as liras. Se eu tentasse aprender a administrar, fazendo-o com teu patrimônio, iria arruiná-lo.

14. A isso Critobulo respondeu:

— Com que boa vontade, Sócrates, tentas escapar-me sem contribuir em nada para tornar mais leves as tarefas que me cabem!

— Não! Por Zeus, disse Sócrates, eu não! Eu te direi, ao contrário, tudo quanto posso e isso de muito boa vontade! **15.** Imagino que, mesmo que viesses em busca de fogo e eu não o tivesse em minha casa, se achasse que em outro lugar qualquer o conseguiria para ti, não terias queixas de mim. Pedindo-me tu água e não a tendo eu em minha casa, se para atender-te a trouxesse de outro lugar, sei também que sobre isso não terias queixas de mim. Se quisesses aprender música comigo, indicaria pessoas que fossem mais hábeis que eu na música e que te seriam gratas, se quisesses aprender com elas. Fazendo assim, terias queixas de mim?

— Se eu for justo, Sócrates, não terei nenhuma.

16. — Pois bem! Eu te indicarei outros muito mais hábeis a respeito de tudo quanto estás ansioso por aprender de mim. Confesso ter-me preocupado em saber quem eram os mais peritos dentre nossos concidadãos. **17.** Um dia notei que, realizando os mesmos trabalhos, alguns eram homens absolutamente sem recursos e outros muito ricos. Espantei-me e pensei que valia a pena pesquisar o que isso significava. Pesquisando, descobri que nada de estranho ocorria. **18.** Via os que agiam ao léu sofrerem perdas, e os que eram zelosos e sérios, descobri, agiam com mais rapidez, facilidade e com maior lucro. É aprendendo com esses que, segundo penso, se quisesses e a divindade não se opusesse a ti, também virias a ser um homem de negócios muito hábil.

III

1. Critobulo ouviu e disse:
– Agora, Sócrates, é que não te deixarei ir antes que me proves o que me prometeste aqui, perante nossos amigos.
– O que pensarás, Critobulo, disse Sócrates, se te mostrar, primeiro, que uns constroem casas inúteis, outros, com muito menos dinheiro, casas que têm tudo quanto é necessário? Será que, na tua opinião, estarei demonstrando uma das tarefas da administração de patrimônio?
– É bem assim, disse Critobulo.
2. – E o que pensarás se te indicar, depois, uma conseqüência disso? Uns, possuindo bens móveis, numerosos e variados, não podendo usá-los quando precisam, nem sabendo se os têm em bom estado, ficam por isso muito aflitos e afligem muito seus servos; outros, nada possuindo a mais, até muito menos que esses, têm logo à mão o que precisam usar.
3. – Mas qual é, Sócrates, a razão disso? Não é porque, para uns, cada coisa está onde caiu por acaso e, para outros, tudo está disposto em seu lugar?

– Sim, por Zeus! disse Sócrates. Não num lugar ao acaso, mas onde convém, aí estão dispostas.

– Penso que estás dizendo, disse Critobulo, que também isso faz parte da administração do patrimônio.

4. – E se te mostrar que lá todos os servos, por assim dizer, mesmo agrilhoados, freqüentemente estão fugindo, e acolá, soltos, trabalham de boa vontade e permanecem em seus postos? Pensas que também aqui estou indicando um aspecto da administração do patrimônio ao qual vale a pena prestar atenção?

– Penso sim, por Zeus! disse Critobulo, e fazes isso muito bem.

5. – E no caso dos que trabalham terras da mesma espécie? Uns afirmam que, cultivando suas terras, tudo perderam e estão na indigência; outros que, com o cultivo das suas, têm, e com muita abundância, o necessário.

– Sim, por Zeus! isso acontece, disse Critobulo. Gastam talvez não só com o necessário, mas também com o que traz prejuízo a eles e ao patrimônio.

6. – Alguns, disse Sócrates, talvez sejam assim. Eu, porém, não falo deles, mas dos que não podem gastar nem com as despesas necessárias e, mesmo assim, vivem dizendo que são agricultores.

– E qual seria a razão disso, Sócrates?

– Eu te levarei também até eles, disse Sócrates. Vendo-os, acho, ficarás sabendo.

7. – Por Zeus! disse, ficarei, se for capaz...

– Então deves olhar e tentar entender por ti mesmo. Realmente eu sei que, para assistir a um espetáculo de comédia, levantas bem cedo, percorres um caminho bem longo e, de muito boa vontade, convidas-me para contigo assistir a ela. Mas para algo desse tipo jamais me convidaste...

– Será que te pareço ridículo, Sócrates?

8. – Para ti mesmo, por Zeus! disse, deves parecer muito mais ridículo... Se eu te mostrar também que, com a criação de cavalos, uns estão à míngua do necessário e outros, criando cavalos, estão muito bem de vida, e, ao mesmo tempo, vaidosos do lucro que têm?

– A esses também estou vendo e conheço uns e outros, e nem por isso torno-me um dos que têm lucro...

9. – É que os vês como vês os atores da tragédia e comédia, não para vir a ser um poeta, mas para sentir prazer vendo-os e ouvindo-os. Talvez isso esteja certo, já que não queres vir a ser poeta; mas, forçado a lidar com a criação de cavalos, não te julgas tolo não cuidando de tornar-te perito nessa tarefa, sobretudo porque cavalos, que são bons para o uso, também dão lucro na venda?

10. – Estás mandando que eu dome potros, Sócrates?

– Não, por Zeus! só que compres escravos preparando-os, desde meninos, para serem agricultores;

mas é que eu penso que tanto cavalos quanto homens, em certas fases da vida, sendo já úteis, tornam-se ainda melhores. Posso mostrar também que as suas mulheres uns tratam de forma que as tenham como colaboradoras no crescimento do patrimônio, outros, de maneira que, no mais das vezes, elas os arruínam.

11. – E por isso qual dos dois devemos responsabilizar, Sócrates? O marido ou a mulher?

– Quando uma ovelha passa mal, na maioria das vezes, responsabilizamos o pastor, e, quando um cavalo se comporta mal, falamos mal do cavaleiro. Quanto à mulher, se, instruída pelo marido no que é bom, mesmo assim age mal, seria ela talvez a responsável; mas, sem a instruir no que é belo e bom, se a tratasse como uma ignorante nessas questões, com justiça não seria o marido o responsável? **12.** Em todo caso, Critobulo, já que nós aqui somos amigos, dize-nos a verdade! Há outra pessoa a quem confies maior número de incumbências importantes que à tua mulher?

– Não há ninguém, disse.

– Existe alguém com quem converses menos que com tua esposa?

– Se existe, não serão muitos, disse.

13. – Com ela casaste ainda bem menina, quando só podia ter visto e ouvido muito pouco?

– Certamente.

– Então não seria mais de admirar que soubesse falar e fazer o que deve do que se cometesse enganos?

14. – Esses de quem dizes que têm boas esposas, será que foram eles próprios que as educaram?

– Nada como fazer uma investigação... Eu te apresentarei também Aspásia[5], que, com maior competência que eu, tudo isso te explicará... **15.** Mas julgo que, sendo boa companheira, para o bem uma mulher pesa tanto quanto o marido; os bens entram na casa através dos atos do marido, mas são gastos, em sua maioria, através das despesas feitas pela mulher; sendo os ganhos e gastos bem administrados, crescem os patrimônios; mal administrados, diminuem os patrimônios. **16.** Posso mostrar-te, penso, pessoas que exercem de maneira digna de menção cada um dos ramos do saber, se julgares necessário ter mais informações.

IV

1. – Sócrates, que necessidade há de falar sobre todos eles? disse Critobulo. Não é fácil conseguir trabalhadores de todas as artes com a habilidade necessária, nem é possível vir a ser perito nelas. Vamos!

----
5. Aspásia de Mileto, segunda mulher de Péricles, famosa por sua beleza e inteligência.

mostra-me os ramos do saber considerados mais belos, aqueles de que convém ocupar-me e também os que a eles se dedicam! E, quanto a ti, ensinando-me, ajuda-me quanto possas!

2. – Tens razão, Critobulo, disse Sócrates. As chamadas artes manuais não gozam de bom nome e, naturalmente, são depreciadas nas cidades. Arruínam os corpos dos trabalhadores e dos feitores obrigando-os a ficar sentados no interior das casas, e algumas delas até a passar o dia junto ao fogo. E, quando os corpos se debilitam, também as almas tornam-se bem menos resistentes. **3.** As chamadas artes manuais não deixam tempo livre para cuidar dos amigos e da cidade e, assim, tais artesãos são considerados maus para ter-se como amigos e como defensores da pátria. Em muitas cidades, sobretudo nas que têm fama de guerreiras, não se permite que um cidadão exerça artes manuais.

4. – E nós, Sócrates? Que tipo de arte nos aconselhas exercer?

– Será, disse Sócrates, que nos envergonharíamos de imitar o rei dos persas? Dizem que ele, por julgar que a agricultura e a arte bélica estão entre as mais belas e necessárias, dá muita atenção a ambas.

5. Critobulo ouviu e disse:

– E dás crédito a isso, Sócrates? O rei dos persas dar alguma atenção à agricultura...

– Ficaríamos sabendo, talvez, disse Sócrates, se ele lhe dá alguma atenção, se observássemos o seguinte. Às coisas da guerra, sobre isso estamos de acordo, ele dá muita atenção. Aos chefes de cada nação de que recebe tributos estabelece a quantos cavaleiros, flecheiros, fundeiros e gerróforos[6] devem fornecer alimentação para que sejam capazes de controlar seus subordinados e, se os inimigos atacarem, de proteger o território. **6.** Fora isso, mantém guardas nas cidadelas. A alimentação para as guarnições quem fornece é o chefe disso encarregado, e o rei, a cada ano, passa em revista os mercenários e os outros aos quais é determinado que se mantenham em armas, ao mesmo tempo conduzindo-os todos ao local chamado assembléia. Aos que estão nas proximidades de sua residência inspeciona pessoalmente e, aos que estão mais distantes, manda que os fiéis[7] o façam. **7.** Aos frurarcos[8], aos quiliarcos[9] ou aos sátrapas que se apresentam com o número completo de homens, estando esses ainda equipados com cavalos e armas em boas condições, engrandece com honrarias e enriquece com grandes dons em dinheiro; mas aqueles que descobre serem negligentes com as guarnições ou corruptos castiga duramente e, demitindo-os, coloca outros como encarre-

---

6. Soldados da infantaria ligeira, equipados com escudos de vime, recobertos com couro de boi.
7. Conselheiros do Grande Rei da Pérsia. Cf. Xenof., *An.*, I, 55,5; Ésq., *Persas*, 2.
8. Comandantes de uma guarnição sediada em postos avançados.
9. Comandante de uma guarnição composta por mil homens.

gados. Fazendo isso, na nossa opinião, é indubitável que ele dá atenção aos trabalhos bélicos.

8. Ainda a parte do território que, durante o percurso, tem diante de seus olhos ele examina pessoalmente e a que pessoalmente não tem diante dos olhos manda que os fiéis a inspecionem. Quando vê que os governantes lhe apresentam um território bem habitado, a terra produzindo e cheia de árvores, cada uma com seus frutos, a eles atribui um território a mais, dá presentes e recompensa-os com postos de honra. Aqueles cujo território vê improdutivo e pouco habitado ou pela rudeza, violência ou negligência deles, punindo e demitindo dos cargos, substitui-os por outros governantes. **9.** Se age assim, ele parece menos preocupado com que a terra se torne produtiva com o trabalho de seus habitantes que com a vigilância exercida pelas guarnições? E os chefes investidos por ele numa e noutra função não são os mesmos, mas uns governam a população e os lavradores e deles recebem os impostos, outros chefiam os homens em armas e as guarnições. **10.** Se, de um lado, o frurarco não defende a contento o território, o governante da população, que zela também pela lavoura, denuncia o frurarco dizendo que não podem trabalhar por causa da falta de vigilância, mas, se o frurarco propicia paz para a lavoura e o governante apresenta o território pouco habitado e improdutivo, o frurarco, por sua vez, o denuncia. **11.** De fato, quase se pode dizer que os que lavram mal a terra não podem nutrir as guarnições nem pagar os impostos. Onde um sátrapa está no comando, é ele quem cuida de ambas as tarefas.

12. Depois disso, Critobulo disse:

– Se é isso que o rei faz, Sócrates, em nada, penso eu, seu cuidado com os trabalhos agrícolas é menor que com os bélicos.

13. – Além disso ainda, disse Sócrates, em todas as regiões em que reside ou que visita, sempre cuida que haja jardins, os chamados paraísos, cheios de tudo o que de belo e bom a terra costuma produzir e neles passa a maior parte de seu tempo, quando a estação do ano não o impede.

14. – Por Zeus! disse Critobulo, por certo é necessário, Sócrates, cuidar que, nos paraísos, onde o rei passa o seu tempo, estejam plantadas da maneira mais bela possível muitas árvores e tudo quanto a terra faz crescer.

15. – Contam alguns, Critobulo, disse Sócrates, que, quando o rei concede dons, em primeiro lugar, chama os que na guerra foram bravos porque, diz ele, de nada valeria arar grandes extensões, se não houvesse quem as defendesse; em segundo lugar, os que trataram melhor as terras e as fizeram produtivas, dizendo que nem os fortes poderiam viver, se não houvesse lavradores. **16.** Conta-se também que Ciro, que veio a ser o rei mais ilustre, disse um dia aos chamados para receber os dons: "Por justiça·eu deveria receber os dois gêneros de prêmios. Sou o melhor para tratar a terra e para defender o que ela produz."

17. – Bem, Sócrates! disse Critobulo. Se Ciro disse isso, também não se orgulhava menos de fazer produtiva a terra e tratá-la bem que de ser um guerreiro.

18. – Sim, por Zeus! disse Sócrates. Se Ciro vivesse, penso que seria excelente governante e disso deu muitas outras provas. Quando foi lutar contra seu irmão pelo reino, segundo dizem, ninguém desertou e passou para o lado do rei, enquanto muitos milhares desertaram passando para o lado de Ciro. **19.** Eis o que considero grande prova da excelência de um governante: seus homens de bom grado lhe prestam obediência, preferindo, nos perigos, permanecer a seu lado. Enquanto vivia, os companheiros lutavam a seu lado, e, quando morreu, todos morreram lutando em torno de seu corpo, com exceção de Arieu que, justamente, estava postado na ala esquerda. **20.** Pois bem! conta-se ainda que Ciro, quando Lisandro[10] veio trazer-lhe os presentes da parte dos aliados, recebeu-o muito gentilmente, de acordo com o que o próprio Lisandro contou um dia a um hóspede em Mégara, e, o que foi o melhor, mostrou-lhe o paraíso que possuía em Sardes. **21.** Lisan-

---
10. General lacedemônio responsável pela vitória na batalha naval de Egos Potamos (405 a.C.) e captura de Atenas (404 a.C.).

dro admirou-se de como eram belas as árvores. Estavam plantadas em distâncias iguais, as fileiras eram retas, tudo formando ângulos regulares e muitos aromas suaves os envolviam enquanto caminhavam. Maravilhado, disse: "Realmente me espanto com a beleza disso tudo, porém invejo quem o planejou para ti e dispôs cada coisa em seu lugar." **22.** Ouvindo-o, Ciro alegrou-se e disse: "Bem, Lisandro! tudo isso fui eu que planejei e dispus. Algumas árvores, disse, eu mesmo plantei." **23.** E Lisandro, olhando para ele e vendo a beleza das vestes, dos colares e braceletes e das outras jóias que trazia, disse: "Que dizes, Ciro? Com tuas mãos plantaste uma dessas árvores?" **24.** Ciro respondeu-lhe: "Estranhas isso, Lisandro? Juro-te, por Mitra! Quando estou bem de saúde jamais vou jantar antes de suar fazendo um exercício de guerra ou um trabalho agrícola ou então esforçando-me sempre para conseguir algo." **25.** O próprio Lisandro declarou que, ouvindo isso, estendeu-lhe a mão e disse: "Penso que és feliz e isso é justo. Porque és um homem bom, és feliz."

V

1. – Esses fatos, Critobulo, eu narro, disse Sócrates, porque nem os mais prósperos podem manter-se afastados da agricultura. Cuidar dela, acho, é ao mesmo tempo uma atividade prazerosa, um meio de fazer crescer o patrimônio e exercitar o corpo para que esteja apto para tudo quanto convém a um homem livre. **2.** Em primeiro lugar, aquilo de que vivem os homens a terra produz para os lavradores, trazendo-lhes ainda a mais o que lhes dá prazer. **3.** Em segundo lugar, proporciona-lhes tudo com que adornam os altares e estátuas e com que eles próprios se adornam, e isso no meio de aromas e paisagens suavíssimas. Em terceiro lugar, das iguarias que preparamos, umas ela faz crescer, outras alimenta, pois a criação de ovelhas está muito ligada à agricultura, de forma que os homens podem propiciar os deuses sacrificando-as e também usá-las para si mesmos. **4.** Ainda que ofereça bens muito abundantes, não permite que os tomem para si, se indolentes; ao contrário, habitua os homens a suportar o frio do inverno e o calor do verão. Exercitando os que a lavram com as próprias mãos, aumenta-lhes o vigor, e aos que exercem a vigilância da lavoura torna viris, despertando-os bem cedo e forçando-os a caminhar com passo firme. De fato, tanto no campo quanto na cidade, os negócios mais vantajosos têm sua hora certa. **5.** Ainda, se alguém quer, na cavalaria, defender a cidade, a agricultura é muito eficiente na criação de seu cavalo, e, se for na infantaria, ela lhe torna vigoroso o corpo. A terra aumenta o gosto pela caça, fornecendo fartura de alimentação para os cães e, ao mesmo tempo, para os animais que serão as presas. **6.** Beneficiados com a agricultura, os cavalos e cães dão sua retribuição ao campo, o cavalo, levando bem cedo o feitor para sua lida e fazendo que possa voltar tarde, os cães, impedindo que animais selvagens ataquem os frutos e os rebanhos, e ajudando a propiciar segurança aos que estão sozinhos. **7.** A terra também incita os lavradores a defender seu terreno, já que nutre seus frutos em espaço aberto, à disposição de quem tenha força para apanhá-los. **8.** Que arte torna os homens mais aptos para correr, atirar dardos e saltar do que a agricultura? Que arte recompensa os que a exercem mais que a agricultura? Que arte acolhe com mais doçura quem dela cuida, oferecendo aos que a buscam o que querem? Que arte acolhe os estrangeiros mais generosamente? **9.** Onde, senão numa casa de campo, passar o inverno junto de um fogo sempre aceso e com banhos tépidos? Que lugar é mais doce que o campo para passar o verão com água, brisas e sombra? **10.** Que outra arte apresenta aos deuses primícias mais à altura deles ou festas mais freqüentadas? Que arte é mais cara aos servidores ou mais doce para a mulher ou mais desejada pelas crianças ou mais agradável aos amigos? **11.** Seria de admirar, penso eu, se um homem possuísse algo mais agradável que isso ou se encontrasse uma ocupação mais agradável ou mais útil para a vida.

12. Ainda, sendo uma deusa, a terra ensina também a justiça aos que podem aprendê-la, pois aos que lhe prestam melhores serviços dá em troca muitos bens. **13.** Se uma multidão de soldados os priva de suas lavouras, os que se dedicam à agricultura de forma rigorosa e viril são os que, bem preparados de corpo e alma, não os impedindo uma divindade, são capazes de invadir as terras dos que não os deixam colher os frutos para se alimentarem. Muitas vezes, na guerra, é até mais seguro buscar alimento com as armas que com os instrumentos agrícolas.

14. A agricultura ensina também a se ajudarem mutuamente, pois contra inimigos deve-se ir junto com outros homens e o trabalho da terra exige mais de um homem. **15.** Bom agricultor será quem fizer de seus lavradores homens decididos e prontos a obedecer, e o que conduz seus homens contra o inimigo deve achar os meios para conseguir o mesmo, premiando os que cumprem o dever dos corajosos e punindo os indisciplinados. **16.** E o agricultor deve encorajar seus lavradores não menos vezes que o general os seus soldados. Os escravos não carecem menos de boas esperanças que os soldados, mas, ao contrário, carecem de muito mais, para que prefiram ficar em seus postos. **17.** Com razão alguém disse que a agricultura é mãe e nutriz das outras artes. Estando bem a agricultura, têm vigor também as outras artes, mas, onde a terra for forçada a permanecer estéril, também as outras artes, as de terra e as de mar, quase desaparecem.

18. Ao ouvir isso, Critobulo disse:

— Penso que tens razão no que dizes, mas sabes que, na agricultura, na maior parte das vezes para um homem é impossível prever... Granizos e geadas, às vezes, secas e chuvas excessivas, a ferrugem do trigo e outras pragas anulam planos bem concebidos e bem postos em prática, e às vezes rebanhos tratados excelentemente perecem tristemente quando sobrevém uma doença.

19. Ouvindo isso, Sócrates disse:

— Mas eu julgava, Critobulo, que sabias que os deuses não têm menos em suas mãos os trabalhos agrícolas que os bélicos. Os que estão em guerra, tu os vês, julgo eu, antes de ir para as operações bélicas, propiciando os deuses e procurando saber o que devem fazer ou não. **20.** Sobre os trabalhos do campo, julgas que devem propiciar menos os deuses? Fica sabendo bem, disse, que para defender as frutas e os grãos, os cavalos e rebanhos e tudo o que possuem, os homens de bom senso cultuam os deuses.

VI

1. — Bem, Sócrates! disse. Na minha opinião, tens razão em mandar-me iniciar todo trabalho com a ajuda dos deuses, já que, como dizes, os deuses não têm menos em suas mãos os trabalhos da paz que os da guerra. Tentaremos, portanto, agir desse modo. Mas tu, a partir do ponto em que paraste de falar-nos sobre a administração do patrimônio, tentas discorrer sobre os assuntos ligados a ela, porque, na minha opinião, depois de ouvir o que disseste, sinto-me mais capaz de discernir o que devo fazer para levar minha vida.

2. – E então, disse Sócrates, se, em primeiro lugar, retomássemos todo o caminho que, de comum acordo, já percorremos, para que, se pudermos, tentemos também assim, de pleno acordo, ir percorrendo o resto do caminho?

3. – Coisa agradável é, sem dúvida, disse Critobulo, que, como os que, sendo parceiros nos negócios, repassam suas contas sem deixar dúvidas, nós, parceiros numa discussão, também repassemos os pontos sobre os quais discutimos e estamos de acordo.

4. – Bem, então! disse Sócrates. Pensamos que economia, administração do patrimônio familiar, é o nome de um saber, e esse saber parece ser aquele pelo qual os homens são capazes de fazer crescer seus patrimônios, e patrimônio parece-nos ser o mesmo que o total de uma propriedade, e, para nós, propriedade é o que para cada um é proveitoso para a vida e dá-se como proveitoso, tudo quanto se saiba usar. **5.** Pensamos que não é possível aprender todas as ciências e que, em todas as cidades, as chamadas artes manuais não têm bom nome, porque, ao que parece, arruínam os corpos e alquebram as almas. **6.** O melhor testemunho disso seria, afirmamos, quando ocorresse uma invasão de inimigos em nossa terra, fazer que os lavradores e artesãos se sentassem em lugares separados e a ambos os grupos se perguntasse que decisão para eles seria a melhor, defenderem sua terra ou, deixando-a, postarem-se de vigia diante dos muros. **7.** Nossa impressão era a de que os homens que lidam com a terra votariam a favor de defendê-la e os artesãos por não lutar, mas fazer aquilo para o que tinham sido educados, isto é, ficar em seu canto, sem labutar, sem correr riscos. **8.** Concluímos que, para o homem belo e bom, o melhor trabalho e o melhor saber é a agricultura, da qual os homens obtêm aquilo de que precisam. **9.** Esse trabalho, penso eu, é o mais fácil de aprender, o mais agradável de ser realizado, torna mais belos e robustos os corpos e ocupa as almas durante tempo mínimo, deixando-as com lazer para cuidarem dos amigos e da cidade. **10.** Pensávamos que a agricultura incita os lavradores a serem corajosos, já que aquilo de que precisam ela faz crescer e nutre fora dos muros. Por isso é também a vida mais nobre em relação à cidade, porque, ao que nos parece, torna os cidadãos melhores e mais bem dispostos para com a comunidade.

11. E Critobulo disse:

– Sócrates, que a agricultura torna a vida muito bela, muito boa e muito agradável, disso, penso, estou suficientemente convencido. Disseste, porém, que ficaste sabendo por que razões uns, exercendo-a de um certo modo, dela obtêm com abundância tudo de que necessitam, e a outros, exercendo-a de outro modo, de nada lhes serve a agricultura. Penso que são essas as razões, nos dois casos, que eu gostaria de ouvir de ti para que façamos o que é bom e não façamos o que é nocivo.

12. – O que acharás, Critobulo, disse Sócrates, se eu te contar desde o começo o encontro que, um dia, tive com um homem que, na minha opinião, está entre esses que realmente merecem o nome de homem *belo e bom*?

– Gostaria muito de ouvir-te! disse Critobulo. Tanto quanto eu diria querer tornar-me eu próprio digno desse nome.

13. – Pois bem! Eu te contarei, disse Sócrates, como vim a poder observá-lo. Para visitar bons construtores, bons fundidores, bons pintores, bons escultores ou pessoas como eles e para admirar-lhes as obras consideradas belas, bastava-me pouco tempo. **14.** Para observar, porém, os que têm este nome solene, *belo e bom*, para saber o que fazem para serem dignos dele, minha alma desejava muito encontrar-se com um deles. **15.** E, em primeiro lugar, porque o belo era acrescentado ao *bom*, toda vez que via um homem belo, procurava saber se tinha algo a mais, isto é, se ao *belo* era unido o *bom*. **16.** Ah! mas não era assim... Ao contrário, parecia-me descobrir que alguns homens belos eram bem maus em suas almas! Decidi, então, deixar de lado a bela aparência e procurar encontrar um dos *belos e bons*. **17.** Então, como já tinha ouvido dizer que por todos, homens e mulheres, estrangeiros e cidadãos, Iscômaco era chamado *belo e bom*, decidi-me a tentar um encontro com ele.

VII

1. Um dia, então, no pórtico do templo de Zeus Eleutério, vi-o sentado e, como não parecia estar ocupado, aproximei-me e, sentando-me a seu lado, disse-lhe:

"Por que, Iscômaco, estás sentado aqui, coisa a que não estás acostumado? Na maioria das vezes vejo-te ocupado em alguma coisa na praça, mas nunca sem fazer nada..."

2. "Nem agora me estarias vendo, Sócrates, disse Iscômaco, se não tivesse combinado com alguns estrangeiros esperá-los aqui."

"Mas, quando não estás fazendo nada assim, pelos deuses! disse-lhe eu, como passas o tempo? O que fazes? Eu gostaria muito de saber de ti o que fazes para seres chamado *belo e bom*. Que não passas o tempo dentro de casa tua postura física torna evidente..."

3. Iscômaco, sorrindo e aparentemente satisfeito por ter-lhe perguntado o que fazia para ser chamado *belo e bom*, disse:

"Bem, Sócrates! Se algumas pessoas, ao conversar contigo sobre mim, me dão esse nome, eu não sei. De fato, quando me convocam para uma troca de bens num momento em que pretendem impor uma trierarquia ou coregia, ninguém, disse ele, busca o *belo e bom* cidadão... Ao contrário, convocam-me chamando-me muito explicitamente de Iscômaco mais o nome de meu pai. Bem, Sócrates! disse, quanto ao que perguntas, de maneira alguma passo meu tempo dentro de casa, pois minha mulher é capaz de cuidar pessoalmente das coisas de minha casa."

4. "Mas é isso, Iscômaco, disse, que eu gostaria de saber. Tu mesmo educaste tua mulher de modo que ela fosse tal qual deve ou a recebeste das mãos do pai e da mãe já sabendo cuidar das tarefas que lhe cabem?"

5. "E o que saberia ela, disse, quando a tomei como esposa? Ao chegar à minha casa, não tinha ainda quinze anos, e, antes disso, vivia sob muitos cuidados para que visse o mínimo, ouvisse o mínimo e falasse o mínimo. **6.** Não pensas que era bastante chegar sabendo apenas pegar os fios de lã e tecer uma túnica e já ter visto como os trabalhos de tear são distribuídos às servas? Quanto ao controle da alimentação, disse, veio muito bem ensinada, o que, tanto para o homem quanto para a mulher, penso eu, é uma questão do maior interesse."

7. "Quanto ao resto, Iscômaco, disse eu, tu mesmo educaste tua mulher para que fosse capaz de cuidar das tarefas que lhe cabem?"

"Não, por Zeus! disse Iscômaco, não o fiz antes de oferecer sacrifícios e, com uma prece, pedir que eu, ensinando, e ela, aprendendo, conseguíssemos o melhor para nós ambos."

8. "E tua mulher, disse eu, não participou contigo dos mesmos sacrifícios e preces?"

"Participou, sim, disse Iscômaco, e aos deuses fez muitas promessas de que seria como é preciso. Via-se que não descuidaria do que lhe fosse ensinado."

9. "Pelos deuses, Iscômaco! Conta-me o que lhe ensinaste em primeiro lugar. É isso que eu gostaria de ouvir-te contar e muito mais que de ouvir-te falar sobre a mais bela competição de ginástica ou hipismo."

10. E Iscômaco respondeu:

"É isso que queres, Sócrates? Quando a senti dócil e à vontade para conversar comigo, interroguei-a mais ou menos assim: **11.** 'Dize-me, minha mulher, será que já pensaste por que te tomei como esposa e por que teus pais te entregaram a mim? Sei, e é evidente para ti, que não haveria dificuldade de achar outro com quem dormirmos. Eu refletia a meu respeito e teus pais sobre ti para ver quem escolheríamos como o melhor para a casa e para os filhos. Eu te escolhi e os teus pais, acho eu, dentre os maridos possíveis me escolheram para ti. **12.** Quanto aos filhos, quando a divindade conceder que os tenhamos, nesse momento deliberaremos sobre eles para que os eduquemos da melhor maneira possível, pois também comum a nós dois será esse bem, conseguir os melhores aliados e os melhores protetores na velhice. Agora, porém, o que temos em comum é esta casa. **13.** Eu declaro que é de nós dois tudo o que tenho e tudo o que trouxeste puseste em comum. E não devemos ficar calculando qual de nós contribuiu mais em quantidade. Ao contrário, é preciso que saibamos bem que, dentre nós, o que for melhor parceiro, esse é quem contribuirá com o que é de maior valor.'

14. A isso, Sócrates, minha mulher respondeu:

'Em que, disse ela, eu poderia colaborar contigo? Que capacidade teria eu? É de ti, ao contrário, que tudo depende. A minha parte, afirmou minha mãe, é ter juízo.'

15. 'Por Zeus! é sim, minha mulher, disse eu, e meu pai disse-me o mesmo. Próprio dos que têm juízo, porém, seja homem ou mulher, é fazer com que o que têm esteja da melhor forma possível e que as outras coisas, em sua maior parte, venham a ser acrescentadas por meio do que é belo e justo.'

16. 'E vês, disse minha mulher, o que poderia fazer para colaborar no crescimento de nosso patrimônio?'

'Vejo, sim, por Zeus! disse eu. Tenta fazer, da melhor forma possível, aquilo que os deuses te fizeram capaz de fazer e a lei aprova.'

17. 'E isso o que é?' disse ela.

'Julgo que não são tarefas de pequeno valor, disse eu, se é que, numa colméia, não são de pequeno valor as tarefas a que a abelha-rainha preside. **18.** Eu penso, minha mulher, ele contou-me ter dito, que os deuses formaram esse casal de fêmea e macho, como é chamado, com muito critério para que tenha o máximo de vantagens na convivência. **19.** Em primeiro lugar, para que não pereça a raça dos seres vivos, esse casal permanece unido gerando filhos; em segundo, a partir dessa união, eles, os homens pelo menos, podem ter amparo em sua velhice; em terceiro, os homens não vivem ao ar livre como os rebanhos, mas precisam de teto, é claro... **20.** Mas, para terem o que levar para o interior dos abrigos, os homens precisam de quem faça as tarefas ao ar livre. Ora, lavra, semeadura, plantação e pastoreio, tudo isso é feito ao ar livre e é daí que vêm os víveres. **21.** Depois que são levados para o interior do abrigo, ainda é necessário que haja quem os conserve e realize os trabalhos que exigem lugar coberto. Precisam de lugar coberto os cuidados com os filhos recém-nascidos, o preparo do pão a partir dos grãos e o feitio das vestes com fios de lã. **22.** Já que ambas as tarefas, as do interior e as do exterior da casa, exigem trabalhos e zelo, desde o início, na minha opinião, o deus preparou-lhes a natureza, a da mulher para os trabalhos e cuidados do interior, a do homem para os trabalhos e cuidados do exterior da casa. **23.** Preparou o corpo e a alma do homem para que possa suportar melhor o frio, o calor, caminhadas e campanhas bélicas. Impôs-lhe, por isso, os trabalhos fora de casa; à mulher, penso eu, por ter-lhe criado o corpo mais fraco para essas tarefas, disse-me ter dito, impôs as tarefas do interior da casa. **24.** E, sabendo que dentro da mulher colocara o alimento dos recém-nascidos e lhe impusera o encargo de nutri-los, deu-lhe também uma porção maior do amor pelas crianças que ao homem. **25.** E, visto que impusera à mulher a vigilância sobre o que está guardado dentro de casa, sabendo que em relação à vigilância não é inferioridade ser tímida de alma, deu à mulher uma porção maior de temor que ao homem. Sabendo, porém, que, em compensação, caso alguém cometa uma ação injusta, é àquele que tem em suas mãos os trabalhos de fora de casa que caberá a defesa, a esse deu uma porção maior de coragem. **26.** Mas, porque ambos devem dar e receber, aos dois deu em partes iguais a memória e o zelo. Sendo assim, não poderias discernir qual sexo, o feminino ou o masculino, tem mais desses dons. **27.** Fez também que fossem igualmente capazes de controle sobre si mesmos e deu-lhes licença para que quem fosse o melhor, homem ou mulher, assumisse para si parte maior desse bem. **28.** E, pelo fato de que, por natureza, ambos não são igualmente bem dotados para tudo, precisam muito um do outro e a união é mais útil ao casal quando um é capaz daquilo em que o outro é deficiente. **29.** Sabendo, minha mulher, disse-lhe eu, os deveres que a cada um de nós foram determinados pelo deus, é preciso que tentemos, cada um de nós, levá-los a termo da melhor forma possível. **30.** Aprova-o, disse-me ter dito, também ao fazer cônjuges o homem e a mulher. E, como o deus os fez parceiros quanto aos filhos, assim também a lei os instituiu como parceiros na casa. E a lei declara nobre aquilo para o que os fez mais capazes por natureza. Para a mulher é mais belo ficar dentro de casa que permanecer fora dela e para o homem é mais feio ficar dentro de casa que cuidar do que está fora. **31.** Se alguém faz coisas estranhas à natureza que a divindade lhe deu, talvez os deuses não deixem de perceber que ele está fora de seu lugar e ele é punido por descuidar-se de tarefas que são suas ou fazer tarefas da mulher. **32.** Na minha opinião, disse-lhe eu, também a abelha-rainha labuta realizando tarefas como essas, impostas pelo deus.'

'E quais são, disse ela, os trabalhos da abelha-rainha que se assemelham aos que devo realizar?'

33. 'Ela, disse-lhe eu, permanecendo na colméia, não deixa que as abelhas fiquem ociosas. Ao contrário, as que devem trabalhar fora envia para o trabalho e fica sabendo o que cada uma trouxe para dentro de casa, recebe-o e conserva-o até o momento em que deverá usá-lo. E, quando chega o momento de usá-lo, distribui a cada uma o devido. **34.** E fica à frente da feitura dos favos para que sejam feitos bela e rapidamente e cuida da prole para que cresça bem. Quando os filhotes estão crescidos e capazes de trabalhar, manda-os fundar uma colônia sob o comando de uma rainha.'

35. 'Será, disse minha mulher, que também deverei fazer isso?'

'Deverás, sim, disse-lhe eu, ficar em casa, mandar que saiam de casa os servos cujo trabalho seja fora e tomar conta dos que devem trabalhar em casa; **36.** deverás receber o que foi trazido de fora, separar o que for preciso gastar e, quanto às sobras, deverás pensar o que fazer com elas, cuidando que o gasto previsto para um ano não seja feito em um mês. E, quando a lã chegar às tuas mãos, deves cuidar que tenham túnicas os que delas precisam. Deves cuidar também que dos grãos de trigo resulte boa comida. **37.** Dos teus deveres só um, talvez, disse-lhe eu, julgues não gratificante: fazer com que o servo que adoeça seja bem cuidado.'

'Não, por Zeus! disse a minha mulher, será muito gratificante se os servos, por serem bem tratados, forem gratos e mais leais que antes!'

38. E eu, contente com a resposta dela, disse:

'Não serão, minha mulher, tais cuidados que tornam as abelhas tão ligadas à rainha da colméia que, quando ela parte, nenhuma acha que deve deixá-la, mas, ao contrário, todas a seguem?'

39. E minha mulher respondeu:

'Ficaria surpresa se as tarefas da abelha-rainha não tivessem mais afinidade com as tuas do que com as minhas... Seria um pouco ridículo eu vigiar e distribuir o que está dentro de casa, se tu não tivesses o cuidado de fazer entrar o que foi colhido fora...'

40. 'Ridículo, em compensação, pareceria trazer algo para dentro, se não houvesse quem conservasse o que foi trazido. Não vês, disse eu, que são dignos de lástima aqueles que, como se diz, «tentam encher de água o jarro furado porque parecem labutar em vão?»'

'Por Zeus! disse minha mulher. São, de fato, uns coitados, se fazem isso.'

41. 'Mas há, minha mulher, outras ocupações especificamente tuas, que se tornam agradáveis a ti. Por exemplo, quando uma serva que recebeste ignorante tornas perita em fiar a lã, fazendo que passe a valer o dobro para ti; quando uma outra que acolheste ignorante do governo da casa e do serviço, fazendo-a capaz, digna de confiança e serviçal, passas a tê-la merecedora de todo apreço; quando podes beneficiar os servos sensatos e úteis à tua casa, se um deles parece mau, podes castigá-lo. **42.** O mais agradável de tudo será se vires que és melhor que eu e me fizeres teu servidor sem que precises ter medo de que, avançando em idade, venhas a ser menos honrada em tua casa, mas, ao contrário, confies em que, ao ficares mais velha, na medida em que te tornares melhor companheira para mim e melhor guardiã da casa para os filhos, mais honrada serás em nossa casa. **43.** As coisas belas e boas, de fato, os homens passam a ter, em suas vidas, como acréscimo não através das qualidades da juventude, mas das virtudes.'

Penso que palavras como essas foram as primeiras que me lembro de lhe ter dito."

VIII

1. "E a percebeste, Iscômaco, estimulada para seus afazeres por essas palavras?"

"Por Zeus! disse Iscômaco, percebi também que ficou perturbada e ruborizada quando não soube trazer-me algo que lhe pedi. Eu, porém, vendo-a pesarosa, disse-lhe: **2.** 'Minha mulher, não fiques acanhada por não me trazeres o que pedi. É evidente que faz falta não ter à mão algo que se está pedindo, mas essa carência, não poder pegar o que se busca, é menos dolorosa do que desde o início não buscá-lo por saber que não existe. Vamos! disse-lhe eu, não és tu responsável, mas eu que te entreguei essas coisas sem as ter colocado onde deviam ficar, para que soubesses onde deves colocá-las e onde buscá-las. **3.** Nada, minha mulher, é tão conveniente e belo para o homem quanto a ordem. Um coro é formado por homens, mas, quando cada um faz o que lhe vem à cabeça, parece-nos que está havendo um tumulto e até vê-lo é desagradável; mas, quando se apresentam e cantam de modo ordenado, embora sejam as mesmas pessoas, consideramos que vale a pena vê-los e também ouvi-los. **4.** E um exército, minha mulher, disse-lhe eu, fora de ordem é algo muito tumultuado, e para os inimigos é presa fácil enquanto para os amigos é espetáculo desagradável e sem utilidade ver tudo junto, hoplita, carregador, arqueiro, cavaleiro, carro. Como fariam a caminhada, se, mantendo-se assim, atrapalham uns aos outros? Quem está andando atrapalha quem corre, quem corre a quem está em seu posto, o carro ao cavaleiro, a mula ao carro, o carregador ao hoplita. **5.** E, se fosse preciso combater, mantendo-se deste modo, poderiam combater? Como? Os que são obrigados a fugir dos que os atacam, ao fugir, podem muito bem pisotear os hoplitas. **6.** Para os amigos um exército ordenado é um espetáculo muito belo e para os inimigos insuportável. Que amigo não veria com muito prazer muitos hoplitas marchando em ordem, quem não admiraria cavaleiros avançando em batalhões? Que inimigo não sentiria medo ao ver hoplitas, cavaleiros, peltastas, arqueiros, fundeiros avançando separados em grupos distintos, atrás de seus chefes? **7.** Quando marcham em ordem, mesmo que sejam milhares, ainda assim todos marcham calmamente como se fossem um só, pois o vazio deixado sempre os de trás preenchem. **8.** E, uma trirreme, por que outra razão é espetáculo temível para os inimigos e agradável para os amigos senão porque navega com rapidez? Por que outra razão os homens que estão a bordo não perturbam uns aos outros senão porque em ordem ficam sentados, em ordem se inclinam para a frente, em ordem se erguem, em ordem embarcam e desembarcam? **9.** A desordem para mim é como se o agricultor guardasse juntos grãos de cevada, de trigo e as favas e, depois, quando precisasse fazer uma massa ou pão ou um prato de legumes, precisasse separá-los em vez de pegá-los já separados e usá-los. **10.** Então, minha mulher, se não te interessa essa balbúrdia e queres saber administrar com esmero o que temos, ter à mão e usar com facilidade o que for preciso e, se eu te pedir algo, dar-me o prazer de atender-me, escolhamos o local adequado para cada coisa, e, colocando-a nesse lugar, ensinemos a serviçal a buscá-la e aí de novo colocá-la. Saberemos assim o que está em boas condições ou não. O próprio local mostrará que algo está faltando, um passar de olhos indicará o que carece de cuidados e, sabendo onde cada coisa está, poderemos encontrá-la com rapidez e usá-la sem dificuldade.'

11. Uma vez, Sócrates, visitando um grande cargueiro fenício, vi um arranjo de equipamentos que me pareceu excelente e muito cuidadoso, já que tinha diante dos olhos um grande número de objetos distribuídos num espaço mínimo. **12.** Sabes, Sócrates, disse ele, que o navio aporta e põe-se ao largo com ajuda de muitos instrumentos de madeira e de cordas, veleja com ajuda do chamado cordame, é munido de muitos aparelhos para defender-se contra barcos inimigos, carrega muitas armas para seus homens e leva todos os utensílios que as pessoas usam em suas casas para cada refeição. Além disso, vai carregado com as encomendas que o dono do navio transporta para obter seu lucro. **13.** E, disse ele, tudo quanto enumerei jazia num espaço não maior do que o correspondente a dez leitos de mesa. Notei que as coisas estavam colocadas de forma que uma não impedia o acesso a outra, nem havia necessidade de um encarregado para procurá-las, nem estavam desarrumadas, nem esparramadas de forma que causassem perda de tempo quando era preciso usá-las. **14.** Percebi que o ajudante do piloto, o chamado timoneiro, estava tão a par do espaço que cada coisa ocupava que, mesmo de longe, diria onde cada uma estava e quantas eram, isso fazendo tão bem quanto alguém que sabe ler diria quantas letras tem o nome de Sócrates e em que ordem estão. **15.** E eu o vi, disse Iscômaco, em seu tempo de folga, examinando pessoalmente tudo quanto se devia usar no barco. Fiquei surpreso ao vê-lo durante essa inspeção e perguntei-lhe o que fazia.

Ele respondeu: 'Estou examinando, para a eventualidade de algo acontecer, como estão as coisas no navio, se algo está faltando ou se encontra mal arrumado. **16.** Quando o deus torna borrascoso o mar, disse, não é possível nem ficar procurando aquilo de que se precisa, nem fornecê-lo a um outro, se está mal arrumado. O deus ameaça e pune os preguiçosos e se ele só não faz perecer os que não cometeram erros, isso já é bastante e, se salvar também os que fizeram bem seu trabalho, disse, grande será a gratidão devida aos deuses.'

17. Eu, depois que vi esse arranjo tão cuidadoso, disse à minha mulher que seria muita preguiça de nossa parte, 'se os que estão em cargueiros, mesmo pequenos, encontram lugar para seus pertences e, ainda que sejam sacudidos violentamente pelas vagas,

apesar de tudo mantêm a ordem, conseguindo, mesmo muito aterrorizados, apanhar o necessário e nós, de nosso lado, ainda que, em nossa casa, haja grandes depósitos destinados a cada tipo de coisas, que nossa casa esteja em chão firme, não achássemos um lugar bom e acessível para cada coisa. Isso não seria uma grande estupidez de nossa parte?
18. Como é bom que o conjunto de utensílios fique em ordem e como é fácil encontrar na casa um espaço para acomodá-los como convém, isso já foi dito. **19.** Quão belo nos parece o que vemos, quando as sandálias, sejam quais forem, estão dispostas em fileiras! Quão belo é ver túnicas, sejam quais forem, mantidas separadas, ou tapetes ou objetos de bronze ou guarnições de mesa! Afirmo ainda – e disso rirá, não o homem austero, mas o pedante – que até panelas parecem algo harmonioso quando arrumadas com bom gosto! **20.** Os outros objetos além desses, dispostos ordenadamente, parecem mais belos. Um a um, os conjuntos de utensílios parecem um coro e também o intervalo entre eles é belo, já que cada conjunto permanece à parte. Como um coro ao redor do altar, não só eles, em si mesmos, são belo espetáculo, mas também o intervalo parece belo e livre. **21.** Podemos, minha mulher, disse, sem pena e sem muito trabalho, pôr à prova se é verdade o que estou dizendo. Vamos! Não deves desanimar pensando que é difícil encontrar quem aprenda os lugares e lembre onde colocar cada coisa. **22.** Sa-

bemos, é claro, que a cidade tem mil vezes mais objetos que nós, mas, apesar disso, nenhum dos servos, seja quem for, se o mandares ir comprar algo no mercado e trazê-lo para ti, ficará sem saber como fazer; ao contrário, todos mostrarão que sabem aonde ir buscar cada coisa. A única razão disso, disse-lhe eu, é que cada coisa fica num lugar determinado. **23.** Quando, porém, procuramos uma pessoa, muitas vezes desistimos de encontrá-la e isso até mesmo quando, por seu lado, ela nos está procurando. A única razão disso é que não está determinado onde cada um deve ficar.'

Pelo que me lembro, foi mais ou menos isso que com ela conversei sobre o arranjo e uso dos utensílios."

IX

1. "E daí? Pensas, Iscômaco, disse eu, que tua mulher deu alguma atenção ao que, com tanto zelo, tentavas ensinar-lhe?"

"O quê? Só se preocupou em prometer-me que haveria de empenhar-se e mostrava-se muito contente, como se, antes não sabendo que fazer, nesse momento tivesse encontrado uma boa saída e pediu-me que o mais rápido possível dispusesse tudo como havia dito."

2. "Como, Iscômaco, disse eu, fizeste isso?"

"Como? Em primeiro lugar, apenas pensei em mostrar-lhe as possibilidades de nossa casa. Ela não tem ornamentos requintados, Sócrates, mas os aposentos são planejados para serem como que recipientes muito bem adequados para o que aí deve ficar de forma que, por si mesmos, reclamem o que convém pôr aí. **3.** O aposento de dormir, estando em lugar seguro, reclama os tapetes e objetos de maior valor; os cômodos cobertos, que são secos, os cereais, os frescos o vinho, os bem iluminados todos os trabalhos e objetos que exigem luz. **4.** Ia mostrando-lhe como salas de estar aquelas que são frescas no verão e quentes no inverno. Mostrei-lhe que a casa toda está voltada para o sul, sendo fácil ver que é ensolarada no inverno e sombreada no verão. **5.** Mostrei-lhe também o aposento das mulheres separado do dos homens por uma porta com trava, para que nem seja tirado de seu interior o que não se deve tirar, nem os servos gerem filhos sem nosso conhecimento. De fato, os bons servos, se têm filhos, na maioria das vezes passam a ser mais leais, mas os maus, se têm uma companheira, passam a ter mais recursos para praticar o mal. **6.** Depois de percorrermos esses locais, disse ele, passamos a separar os itens do mobiliário segundo seu gênero. Em primeiro lugar, disse ele, começamos reunindo o que usamos para os sacrifícios. Depois separamos os adornos femininos para as festas, as vestes masculinas para as festas e guerras, os tapetes no aposento das mulheres e os tapetes no aposento dos homens, os calçados femininos e os calçados masculinos. **7.** Diferentes são os gêneros de objetos: as armas, os fusos para fiar, os que servem para preparo dos cereais, os utensílios da cozinha, os da lavanderia, os usados para fazer as massas, os que se usam à mesa. Todas essas coisas pusemos em lugares separados, as de uso diário e as destinadas a ocasiões festivas. **8.** Pusemos de um lado o que devemos gastar mês a mês e, de outro, o que está calculado para durar um ano. Assim, menor será a dificuldade de saber qual será o resultado no balanço final. Depois que separamos gênero por gênero, transportamos os objetos, um a um, aos lugares adequados. **9.** Depois disso, os utensílios que os servos usam diariamente, os que servem para preparo dos cereais, para cozinhar, para fiar e outros trabalhos, entregamos aos que deles fazem uso mostrando-lhes onde deviam colocá-los e ordenamos que os mantivessem em bom estado. **10.** Aquilo que usamos para festas e recepções ou em raras ocasiões entregamos à governanta indicando-lhe os lugares respectivos e, contando-os e registrando-os, ordenamos que os entregasse a cada um que deles precisasse, que cuidasse de lembrar-se a quem os entregara e, ao recebê-los de volta, recolocasse-os no lugar de onde os tirara.

11. Fizemos governanta aquela que nos parecia mais moderada no comer e no beber vinho, no sono e nas relações com homens e, além disso, previdente para cuidar que nada de mau acontecesse em nossa casa, capaz também de ver que, agradando-nos, de nós receberia recompensa. **12.** Ensinamos também a ser-nos leal partilhando com ela nossa alegria e, todas as vezes que tínhamos uma tristeza, chamando para estar conosco nesse momento. Fizemos com que se animasse a colaborar no crescimento de nosso patrimônio familiar tornando-a bem informada sobre isso e participante de nosso bem-estar. **13.** Além disso, nela inculcamos a virtude da justiça, dando maior apreço aos mais justos que aos injustos e mostrando-lhe que a vida dos justos tem maior riqueza e liberdade que a dos injustos. E a colocamos nesse posto.

14. Depois disso tudo, Sócrates, disse ele, eu falei à minha mulher que de nada adiantariam essas providências se ela própria não cuidasse que a disposição de cada coisa fosse mantida. Expliquei-lhe que, na minha opinião, aos cidadãos não basta que tenham boas leis. Ao contrário, elegem guardiães da lei que, mantendo a vigilância, elogiam os que cumprem as leis, mas punem, se alguém age contra as leis. **15.** Portanto, aconselhei minha mulher, disse ele, a ser a guardiã das leis de nossa casa e a passar em revista, quando lhe parecesse bem, os objetos de casa como o comandante de uma guarnição passa em revista os guardas e os examina para ver se cada um está bem, como o Conselho examina os cavalos e os cavaleiros e também, dentro de suas possibilidades, a elogiar e honrar, como uma rainha, quem disso é digno e a repreender e punir quem disso carece. **16.** Além disso, disse ele, expliquei-lhe que não é justificado ela sentir-se sobrecarregada se eu lhe imponho mais encargos que aos servos no que diz respeito ao que é nosso, porque, quanto aos bens de seus senhores, aos servos só cabe carregá-los, tratá-los e guardá-los, mas a nenhum deles a quem o senhor não o conceda é permitido usá-los. Tudo, porém, é do senhor e ele pode usar daquilo que quiser. **17.** Portanto, expliquei-lhe eu, quem tem maior vantagem com sua preservação e maior dano com sua destruição, é a esse que compete ter o máximo zelo por seus bens."

18. "E então, Iscômaco? Tua mulher, ao ouvir essas palavras, dava-lhes atenção?"

"Como não! disse. Só me falou que estaria errado se pensasse que lhe impunha obrigações penosas ao dizer-lhe que devia zelar por nossas coisas. **19.** Falou-me, disse ele, que se eu exigisse que se descuidasse de seus próprios bens para ela seria mais difícil do que se seu dever fosse cuidar dos bens de sua casa. De fato, disse ele, parecia-lhe que, como para uma mulher de juízo é mais fácil cuidar de seus filhos do que descuidar-se deles, também considerava mais agradável cuidar de seus próprios bens, cuja posse lhe dava prazer, do que descuidar-se deles."

X

1. E eu, disse Sócrates, ao ouvir que a mulher lhe havia dito isso, falei: "Por Hera! Iscômaco, disse eu, quão viril mostras ser a mente de tua mulher!"

"Pois bem! disse Iscômaco. Quero expor-te exemplos de sua grandeza de alma em ocasiões em que bastou ouvir-me uma só vez para obedecer-me prontamente."

"Quais são eles? disse-lhe eu. Dize-me! Dá-me maior prazer ter conhecimento da excelência de uma mulher bem viva do que se visse um retrato seu num desenho de Zêuxis."

2. Aí então Iscômaco diz:

"Pois bem! disse ele, um dia, vendo-a com a face coberta com muito alvaiade para parecer mais branca do que era, com muito carmim para parecer mais corada do que era, calçando sapatos de solado grosso para que a achassem mais alta do que era ao natural, disse-lhe:

3. 'Dize-me, minha mulher, será que me julgarias mais digno parceiro de nossos bens se te mostrasse precisamente o que temos e não me gabasse de ter mais do que tenho realmente, sem esconder também nada do que tenho ou se tentasse enganar-te, dizendo que tenho mais dinheiro do que tenho realmente, mostrando-te dinheiro falso e colares dourados, e afirmasse que mantos desbotados são púrpura verdadeira?'

4. Respondendo imediatamente, disse-me:

'Pára de falar! Tomara que não sejas uma pessoa assim. Se fosses, não poderia abraçar-te com amor no coração!'

'Então, disse-lhe eu, não estamos juntos, minha mulher, para compartilharmos, um e o outro, também nossos corpos?'

'Pelo menos é o que todos dizem.'

5. 'Então, disse-lhe eu, na tua opinião, como parceiro de corpo, eu seria mais merecedor de afeição se tentasse oferecê-lo a ti, cuidando que fosse sadio e vigoroso e, por isso, corado de verdade, ou se, para agradar-te, tendo-me empoado com ocra e delineado meus olhos com sombra cor da pele, me mostrasse a ti e ficasse contigo enganando-te e fazendo que visses e tocasses a ocra em vez da pele que tenho?'

6. 'Eu, disse ela, não acharia mais gostoso tocar a ocra que a ti, nem mais gostoso ver a cor do pó que a tua cor, nem mais gostoso ver os teus olhos com sombra que vê-los com saúde.'

7. 'Pois bem! Convence-te, minha mulher, disse-me ele ter dito, de que nem a cor do alvaiade nem do carmim me dá maior prazer que a tua. Ao contrário, como os deuses fizeram que para cavalos cavalos fossem a coisa mais agradável, para bois bois, para ovelhas ovelhas, assim também os homens julgam o corpo do homem o que há de mais agradável. **8.** Essas trapaças poderiam até enganar os tolos e ficar sem desmentido, mas, quando se tem vida em comum, não há como não ser apanhado numa tentativa de enganar-se mutuamente. Ou são apanhados quando se levantam da cama, antes de se aprontarem, ou são denunciados pelo suor ou são postos à prova pelas lágrimas ou se deixam ver como são, depois do banho.'"

9. "Pelos deuses! disse eu. Que respondeu ela a isso?"

"O quê? Nunca mais fez nada disso, mas procurava apresentar-se sem artifícios e bem posta. Perguntou-me, porém, se poderia aconselhá-la como mostrar-se bela de verdade e não só de aparência. **10.** E eu, Sócrates, dei-lhe estes conselhos. Não devia ficar sempre sentada como uma escrava, mas, com a ajuda dos deuses, postada diante do tear, devia ensinar o que soubesse mais que outrem e aprender o que sabia menos. Devia vigiar a padeira, ficar ao lado da governanta enquanto ela fazia as distribuições e também circular procurando ver se cada coisa está onde deve. Na minha opinião, isso era, ao mesmo tempo, demonstração de zelo e passeio.

11. 'Bom exercício, disse-lhe eu, é molhar a farinha, sovar a massa, sacudir as roupas e tapetes e dobrá-los. Fazendo esses exercícios, disse-lhe eu, comerás com maior prazer, terás mais saúde e, de verdade, mostrar-te-ás com cor melhor. **12.** Tua aparência, comparada com a de uma serva, sendo tu mais despojada e estando mais convenientemente vestida, será mais atraente, principalmente quando a isso se aliar o favor prestado de bom grado em vez da ajuda dada sob coação. **13.** As que ficam sentadas com imponência dão ensejo a que as ponham em pé de igualdade com as vaidosas e enganadoras.'

E agora, Sócrates, disse ele, quero que saibas que minha mulher, já bem preparada, vive de acordo com o que lhe ensinei e como acabei de dizer-te."

XI

1. Neste ponto, disse-lhe eu:

"Iscômaco, penso que, por agora, a respeito dos trabalhos de tua mulher, ouvi o bastante e aliás, por eles, ambos merecem elogios. Agora, porém, fala-me de teus trabalhos! Falando-me do renome que tens, terás prazer e eu, ouvindo do começo ao fim os feitos de um homem *belo e bom* e deles tendo tirado uma lição, se disso for capaz, serei muito grato a ti."

2. "Mas, por Zeus! disse Iscômaco. É com muito prazer que te narrarei o que estou sempre fazendo. Assim poderás admoestar-me se, na tua opinião, a respeito de algo não agi bem."

3. "Mas eu? disse-lhe. Com que direito admoestaria um perfeito homem *belo e bom*? Fazer isso eu...? Um homem tido como tagarela esquadrinhador dos ares e... dentre todas esta é a acusação mais sem sentido... a quem chamam de mendigo... **4.** Na verdade, Iscômaco, essa acusação me deixaria muito desanimado se há poucos dias não tivesse topado com o cavalo de Nícias, o estrangeiro, seguido por muitos curiosos, e não ouvisse o que sobre ele falavam algumas pessoas. Aproximei-me, é claro, do cavalariço e perguntei-lhe se o cavalo tinha muitos bens. **5.** Ele olhou-me como se eu não fosse pessoa sadia, já que lhe fazia tal pergunta, e disse: 'Como um cavalo poderia ter bens?' Foi então que me reanimei ao saber que a lei divina permite que um cavalo pobre seja um bom cavalo, se, por natureza, sua alma é boa. **6.** Já que a lei divina permite que eu venha a ser um homem bom, conta-me tudo sobre teus feitos para que, na medida em que for capaz de aprender ouvindo-te, eu também, a partir de amanhã, tente imitar-te. É um bom dia, disse eu, para começar a praticar a virtude."

7. "Tu estás brincando, Sócrates, disse Iscômaco, mas, apesar disso, exporei a ti os princípios que tento seguir o melhor que posso, no transcurso de minha vida. **8.** Penso ter aprendido que os deuses fizeram contrário à sua lei que os homens vivam bem sem que tenham consciência de seus deveres e zelo para cumpri-los. Se são conscientes deles e zelosos, a uns concedem que sejam felizes e a outros não. Sendo assim, meu primeiro passo é servir aos deuses e procuro fazê-lo de forma que, com minhas preces, me seja possível ter saúde, corpo robusto, honra na cidade, benevolência por parte dos concidadãos e, na guerra, salvação e honra, e também riqueza ganha honestamente."

9. E eu, tendo-o ouvido, disse:

"Importa-te, Iscômaco, ser rico e, possuindo tantos bens, ter tanto trabalho para cuidar deles?"

"Importa-me e muito, disse Iscômaco, isso sobre que me perguntas. É agradável, penso eu, honrar com grandiosidade os deuses, ajudar os amigos se precisam de algo e não deixar a cidade, na medida em que posso, despojada de seus ornamentos."

10. "Belos princípios, disse eu, são os que enuncias e próprios de um homem profundamente capaz. E como não? Quando são muitos os homens que não podem viver sem precisar dos outros, muitos se contentam em conseguir o que lhes é suficiente. Os que, porém, são capazes não só de manter suas casas, mas também de economizar para ornar sua cidade e ajudar seus amigos, como não considerá-los homens de peso e homens vigorosos? **11.** Ora, elogiar homens como esses, eu e muitos outros podemos. Fala-me tu, Iscômaco, a partir de onde começaste. Como cuidas de tua saúde? E do vigor de teu corpo? Como podes, até da guerra, sair-te honrosamente e são e salvo? A respeito de como enriqueceste, disse-lhe eu, para mim bastará que ouça depois."

12. "Mas, disse Iscômaco, penso que todas essas coisas decorrem umas das outras. Se alguém tem o suficiente para comer e faz exercícios para ajudar a digestão, mantém sua saúde e ganha maior vigor; se se exercita nas artes da guerra, consegue salvar-se com maior honra e é de esperar que, cuidando de seu patrimônio corretamente e sem desfalecimento, fará que ele cresça."

13. "Até este ponto, Iscômaco, eu te acompanho... Dizes que, fazendo exercícios para ajudar a digestão, sendo zeloso e exercitando-se mais, obtêm-se os bens. Que exercícios, porém, deves fazer para teres boa disposição e força? Como exercitas as artes da guerra? Como cuidas de ter economias para ajudar os amigos e tornar forte a cidade? É isso, disse-lhe eu, que gostaria de ouvir..."

14. "Pois bem, Sócrates! disse Iscômaco. Costumo levantar-me da cama, se devo ir ver alguém, numa hora em que possa encontrá-lo ainda em casa. Se tenho um negócio a tratar na cidade, ir cuidar dele já me serve de passeio. **15.** Se nada há que fazer na cidade, meu servo leva o cavalo para o campo e eu da caminhada para o campo faço um passeio melhor do que se o fizesse no pórtico de um ginásio. **16.** Quando chego ao campo, se encontro o trabalho na fase do plantio ou do amanho de alqueive[11] ou

---

11. Lote de terreno deixado em repouso, sem ser cultivado durante um ano, segundo a prática do sistema de rodízio no uso da terra.

da semeadura ou da colheita, inspecionando como isso está sendo feito, faço mudanças, se tenho uma opção melhor do que a que está sendo usada. **17.** Depois disso, em geral, monto em meu cavalo e faço uma cavalgada que seja, na medida do possível, muito semelhante às que a guerra exige: não evito a marcha de viés, nem ladeira, nem barranco, nem canal. Faço isso, contudo, com todo cuidado para não estropiar meu cavalo. **18.** Quando termino, meu servo faz o cavalo rolar na areia e o reconduz para casa, levando também o que nos é necessário na cidade. Eu, ora a passo, ora correndo, chego à minha casa e me limpo com a estlêgida[12]. Depois, Sócrates, almoço de modo que passe com o estômago nem vazio, nem cheio demais."

19. "Por Hera! disse eu. Quanto me agrada o que fazes! Fazer ao mesmo tempo exercícios que visam à saúde e à força física, combinando-os com o treinamento para a guerra e com o zelo pela riqueza, eis o que me parece admirável! **20.** Dás testemunho suficiente de que, em cada um desses pontos, teus cuidados são eficientes pois, em geral, te vemos sadio, vigoroso graças aos deuses e sabemos que és tido como um dos melhores cavaleiros e mais ricos cidadãos."

....
12. Espécie de raspadeira usada, após o banho a vapor ou exercícios, para limpar a pele. Consistia numa lâmina de metal, ferro ou bronze, de forma recurva, com um cabo por onde era empunhada.

21. "Pois bem, Sócrates! disse ele. Faço tudo isso e sou vítima dos sicofantas... Tu, porém, pensavas que eu diria que a maioria das pessoas me chama de homem *belo e bom*!"

22. "Mas, eu também, Iscômaco, ia perguntar-te se te causa preocupação a possibilidade de ter que prestar contas à justiça ou exigi-lo de outrem, se te for preciso."

"Não te parece, Sócrates, disse ele, que estou sempre cuidando disso? Defendo-me porque não vou contra os direitos de ninguém, faço bem aos outros quanto posso... Não te parece que me exercito para a acusação quando fico sabendo que pessoas agem contra o direito de muitos em sua vida privada e contra os da cidade e não fazem bem a ninguém?"

23. "Mas te exercitas também para falar sobre casos como esses? disse-lhe eu. Esclarece-me, Iscômaco, sobre isso também."

"Estou sempre, Sócrates, exercitando-me para falar. Quando ouço um servo fazendo uma acusação ou sua defesa, procuro pôr o caso a limpo; ou censuro alguém diante de meus amigos ou elogio, ou tento reconciliar conhecidos meus, procurando ensinar-lhes que é mais vantajoso serem amigos que adversários. **24.** Na presença do estratego emitimos uma apreciação desfavorável sobre alguém ou falamos em favor de um outro, se é vítima de queixa injusta ou, entre nós, acusado de, sem merecer, receber honras. Muitas vezes também, quando estamos deliberando, elogiamos planos que desejamos realizar e censuramos os que não queremos. **25.** Aliás, Sócrates, até pessoalmente já fui julgado e condenado ou a sofrer uma punição ou a pagar multa."

"Quem fez isso, Iscômaco? disse eu. Disso não sabia..."

"Minha mulher", disse ele.

"E como é que te defendes?"

"Quando para mim é vantagem dizer a verdade, saio-me muito bem, mas, quando é dizer mentiras, o argumento mais fraco, Sócrates, por Zeus!, não sou capaz de fazê-lo mais forte."

E eu respondi: "Talvez, Iscômaco, não sejas capaz de fazer que a mentira se torne verdade..."

XII

1. "Temo ficar retendo-te, Iscômaco, disse eu, quando já estás querendo ir embora..."

"Não, Sócrates, por Zeus! Eu não irei embora antes que todos deixem a praça."

2. "Por Zeus! disse eu. Bem que tens cuidado em não desmentir o cognome que te dão, *homem belo e bom*... Talvez, neste momento, muitos assuntos estejam exigindo tua atenção, mas, como combinaste com esses estrangeiros, estás à espera deles, para não faltares com a palavra.

"Mas, Sócrates, disse Iscômaco, nem dessas ocupações de que falas me descuido. Tenho no campo os meus intendentes."

3. "Quando precisas de um intendente, Iscômaco, disse eu, procuras ver se há, em algum lugar, um homem com jeito para intendente e tentas comprá-lo como, quando precisas de um carpinteiro, procuras ver, disso estou certo, se vês alguém com jeito para carpinteiro e tentas ficar com ele? É isso que fazes ou tu mesmo formas os intendentes?"

4. "Por Zeus, Sócrates! disse. Procuro eu mesmo formá-los. Quem deverá estar apto a cuidar de meus negócios em meu lugar quando me ausento, o que deverá saber senão o que eu sei? Se sou capaz de ficar à frente dos trabalhos, é claro que posso ensinar a um outro aquilo que eu próprio sei."

5. "Então, em primeiro lugar, disse eu, ele deverá ter boa disposição para contigo e com os teus, para ser capaz de substituir-te. Sem boa disposição, para que serviria o conhecimento do intendente, seja ele qual for?"

"Para nada, por Zeus! disse Iscômaco. Ter boa disposição para comigo e para com os meus é o que procuro ensinar-lhes em primeiro lugar."

6. "Pelos deuses! disse eu. Como ensinas quem quiseres a ter boa disposição para contigo e para com os teus?"

"Concedendo-lhe benefícios, disse Iscômaco, quando os deuses concedem que tenha bens em abundância."

7. "Queres dizer que, tirando proveito de teus bens, tornam-se bem dispostos para contigo e querem que prosperes?" disse eu.

8. "Vejo isso, Sócrates, como o melhor meio de conseguir boa disposição."

"Se tiver boa disposição para contigo, Iscômaco, disse eu, será, por causa disso, um intendente capaz? Não vês que os homens têm, por assim dizer, boa disposição para consigo mesmos, mas muitos deles não querem esforçar-se para obter os bens que querem possuir?"

9. "Mas, por Zeus! disse Iscômaco. Quando quero pôr como intendentes pessoas como essas, ensino-as também a serem zelosas."

10. "Pelos deuses! disse eu. Como? Eu não pensava que isso, tornar-se zeloso, fosse possível ensinar a alguém..."

"Não é mesmo, Sócrates! disse. Não é possível ensinar todos, sem exceção, a serem zelosos."

11. "Que tipos de pessoas são capazes de aprender isso? Indica-me, em todo caso, com clareza, quem são elas."

"Em primeiro lugar, Sócrates, disse ele, não poderia tornar zelosos os que não resistem ao vinho, pois a embriaguez faz que se esqueça tudo o que se deve fazer."

12. "Então só os que são intemperantes nisso, disse eu, são incapazes de se tornarem zelosos ou outros também?"

"Por Zeus! outros também, disse Iscômaco. Também os que não resistem ao sono. Se estão dormindo, não podem nem fazer o que devem, nem propor que outros o façam."

13. "E então? disse eu. São só esses que não podemos ensinar a ter esse zelo ou, além deles, há outros ainda?"

"Na minha opinião, disse Iscômaco, também os que amam doentiamente os prazeres do amor são incapazes de aprender a zelar por algo que não seja isso. **14.** Não é fácil encontrar nem esperança nem zelo mais agradável que a dedicação aos amantes! E, quando o dever urge, não há castigo pior que estar separado de seus amados. Desisto, portanto, de homens que percebo serem assim e nem tento fazê-los intendentes."

15. "E aqueles cuja paixão é o lucro? Será que também são incapazes de aprender a cuidar dos trabalhos do campo?"

"Por Zeus! de forma alguma, são incapazes. Ao contrário, é bem fácil levá-los a essa ocupação e, para isso, basta mostrar-lhes que ela é lucrativa."

16. "E os outros? disse eu. Se resistem às paixões às quais mandas resistir e se mantêm moderados quanto à ambição do lucro, como os ensinas a se tornarem zelosos naquilo que queres?"

"Isso é muito simples, Sócrates. Quando os vejo zelosos, elogios-os e procuro recompensá-los, mas, quando os vejo negligentes, procuro falar e agir de modo a espicaçá-los."

17. "Vamos, Iscômaco! disse eu. Deixa de falar sobre aqueles a quem se procura educar para serem zelosos e esclarece-me sobre essa educação. É possível que alguém que é, ele próprio, negligente torne outros zelosos?"

18. "Por Zeus! disse Iscômaco. Não é possível, como não é possível alguém, não sendo músico, fazer que outros se tornem músicos. Quando um mestre dá maus exemplos, é difícil aprender a fazer bem feito e, quando um patrão dá exemplo de negligência, é difícil que o servidor se torne zeloso. **19.** Numa palavra, penso que nunca vi bons fâmulos de um mau patrão; de um bom patrão, todavia, já vi maus fâmulos, mas nunca isentos de punição. Quem quer tornar zelosas as pessoas deve não só ser capaz de vigiar e examinar os trabalhos, mas também de mostrar gratidão ao responsável por trabalhos bem feitos e de não hesitar em impor a punição merecida ao negligente. **20.** Boa resposta, disse Iscômaco, foi a atribuída ao bárbaro quando o Grande Rei que topara com um bom cavalo, querendo engordá-lo o mais rapidamente possível, perguntou a alguém que diziam ser perito em cavalos o que fazia um cavalo engordar rapidamente. A resposta dele foi que era o olho do dono. Para mim, Sócrates, disse ele, é isso que acontece também em outros assuntos. Para mim, é o olho do dono que produz o que é belo e bom."

XIII

1. "Quando consegues incutir numa pessoa, disse eu, e muito bem, a idéia de que deve zelar por aquilo que pretendes confiar-lhe, será que ela já estará apta para a função de intendente ou deverá aprender algo mais para ser um intendente capaz?"

2. "Por Zeus! disse Iscômaco. Ainda lhe resta saber o que deve fazer, quando e como. Sem saber isso, em que um intendente seria mais útil que um médico que tivesse o cuidado de visitar o doente de manhã e de tarde, mas não soubesse que tratamento seria bom aplicar-lhe?"

3. "Vejamos! Se já sabe como deve ser feita a lavoura, disse eu, ser-lhe-á necessário algo mais ou para ti ele já seria um intendente completo?"

"Penso, disse, que deve também aprender a comandar os trabalhadores."

4. "Então, disse eu, tu formas os intendentes para que sejam também capazes de comandar?"

"É o que procuro fazer", disse Iscômaco.

"Pelos deuses! disse eu. E como os educas para que tenham capacidade de comando?"

"De maneira tão banal, Sócrates, disse ele, que talvez, ao ouvir-me, até desses uma risada..."

5. "Não! disse eu. Esse assunto não é para rir, Iscômaco. Quem é capaz de formar homens com capacidade de comando pode, é claro, formar patrões, quem é capaz de formar patrões pode formar reis também. Sendo assim, não merece riso, mas grande elogio quem é capaz de fazer isso."

6. "Muito bem, Sócrates! disse ele. Os outros seres vivos aprendem a obedecer de duas maneiras. Quando tentam desobedecer, são castigados, e, quando de boa vontade se submetem, são bem tratados. **7.** Os potros, por exemplo, aprendem a obedecer aos domadores, ganhando doces quando obedecem, mas, quando desobedecem, sofrem punições até que se submetam de boa vontade ao domador. **8.** Os cãezinhos são muito inferiores aos homens em inteligência, mas, apesar disso, aprendem desse modo a dar voltas, cambalhotas e outras coisas. Quando obedecem, ganham algo que desejam, mas, se não atendem, são castigados. **9.** Quanto aos homens, é possível fazê-los mais dóceis usando também a palavra, mostrando-lhes que obedecer é vantajoso para eles e, quanto aos escravos, o método de educação que pensamos convir para os animais também é muito eficiente para ensiná-los a obedecer. De fato, satisfazendo-lhes o estômago na medida de seu apetite, muito conseguirás deles. As naturezas que amam as honras são incitadas também pelo louvor, pois algumas naturezas são ávidas de louvor não menos que outras o são de comida ou bebida. **10.** Esses recursos, portanto, dos quais me sirvo pensando tornar mais dóceis os homens, ensino àqueles de quem quero fazer intendentes. Eis também o que faço para ajudá-los: os mantos e os calçados que devo fornecer aos trabalhadores mando que não sejam feitos todos iguais, mas uns de qualidade pior e outros de melhor, para que possa, com os melhores, recompensar o melhor trabalhador e dar os piores ao trabalhador menos bom. **11.** Estou convicto, Sócrates, disse ele, de que os bons trabalhadores sentem desânimo quando vêem que foram eles que fizeram o trabalho e que obtêm o mesmo que eles os que não quiseram nem labutar, nem correr riscos quando foi necessário. **12.** Pessoalmente, de modo algum acho bom que os melhores tenham tratamento igual ao dos menos bons e louvo os intendentes quando sei que atribuem o melhor aos que merecem mais, mas, se vejo que alguém tem preferência por causa de lisonjas ou de um favor banal, não deixo isso passar, mas repreendo-o e procuro ensinar-lhe, Sócrates, que o que está fazendo não traz vantagem nem para ele mesmo."

XIV

1. "Iscômaco, disse-lhe eu, quando achas que ele é capaz de comandar seus homens a ponto de fazê-los obedientes, será que o julgas um intendente completo ou a quem já tem as qualidades que enunciaste ainda falta algo?"

2. "Por Zeus! disse Iscômaco. É preciso que ele se mantenha afastado dos bens do patrão e não roube. Se aquele em cujas mãos está a colheita ousasse roubar de forma que a sobra não compensasse o trabalho da lavoura, que vantagem haveria em cultivar a terra sob os cuidados dele?"

3. "Será, disse eu, que te encarregas de ensinar também esse tipo de justiça?"

"É bem assim, disse Iscômaco. Não é a todos, porém, que encontro, de imediato, dispostos a essas lições. **4.** Recorrendo, entretanto, ora às leis de Drácon, ora às de Sólon, disse ele, procuro pôr meus servidores no caminho da justiça. Na minha opinião, esses homens fizeram muitas dessas leis para ensinar essa espécie de justiça. **5.** Eis o que está escrito[13]: 'pagar reparação pelos roubos', 'pôr sob grilhões quem é reconhecido como culpado', 'ser condenado à morte quem é preso praticando atentado'. É

---
13. Nessa passagem cujo texto está corrompido adotamos a interpretação de P. Chantraine, apoiada por M. L. Gernet. Cf. Xenofonte, *Économique*, Paris, Belles Lettres, 1993, p. 118.

claro, portanto, que escreveram essas normas para tornar desvantajoso para os desonestos o lucro vil. **6.** Eu, portanto, aplicando algumas dessas normas e mencionando outras leis do Grande Rei, procuro tornar honestos os meus servidores, em relação ao que lhes passa pelas mãos. **7.** Para os culpados aquelas leis são apenas uma punição e as leis do Grande Rei não somente punem os desonestos, mas também ajudam os honestos. É assim que, vendo os honestos tornarem-se mais ricos que os desonestos, mesmo sendo ávidos de lucro, perseveram e evitam atos desonestos. **8.** Os que, disse ele, embora bem tratados, percebo tentarem agir desonestamente, considero como pessoas cuja cupidez é incurável e rompo minhas relações com elas. **9.** Os que fico sabendo que são honestos porque os anima não só o ganho que a honestidade lhes traz, mas também o desejo de receber o meu louvor, a esses trato como homens livres, fazendo-os enriquecer e honrando-os como homens *belos e bons.* Eis, Sócrates, disse ele, em que, na minha opinião, o homem que ama as honras difere do que ama o lucro: ele, querendo ser louvado e honrado, quer também labutar quando é preciso, correr riscos e manter-se longe dos lucros vis."

XV

1. "Mas, se já incutiste em alguém a vontade de ver-te rico, se incutiste nessa mesma pessoa o zelo pela realização desse desejo e, além disso, graças a ti, ele adquiriu a ciência de como cada trabalho deve ser feito para ser mais eficiente e, além disso, se o fizeste capaz de comandar, e, mais ainda, se por tudo isso ele tem prazer em mostrar-te, na estação certa, colheitas muito abundantes, como farias tu mesmo, não mais te perguntarei se a um homem como esse ainda falta algo. Na minha opinião, tendo tais qualidades, seria um intendente digno de muito apreço. Entretanto, Iscômaco, disse eu, não deixes de lado um item de nossa discussão do qual tratamos apressadamente, sem lhe dar muita atenção!"

2. "Qual?", disse Iscômaco.

"Disseste, parece-me, que o ponto mais importante era aprender como cada trabalho deve ser feito. Se não fosse assim, disseste, de nada valeria ter zelo, se não soubesse o que é preciso fazer e como fazê-lo."

3. Foi então que Iscômaco disse:

"Estás pedindo, Sócrates, que te ensine a arte da agricultura em si?"

"É isso que peço, disse eu, já que ela torna ricos os que a conhecem e faz que os que não a conhecem, embora labutem muito, não tenham recurso para viver bem."

4. "Pois bem, Sócrates! disse ele. Vais ouvir falar em que essa arte é amiga dos homens. É muito útil, é agradável exercê-la, muito bela e cara aos deuses e aos homens e, além disso, é muito fácil aprendê-la. Com tudo isso poderia ela não ser nobre? Chamamos, sabes disso, nobres também todos os animais belos, grandes e úteis, mas mansos com os homens."

5. "Mas sobre isso, Iscômaco, com o que disseste sobre como se deve instruir o intendente, creio que já estou suficientemente informado. Fiquei sabendo, penso, como o tornas bem disposto para contigo, zeloso para comandar e honesto. **6.** Falaste, porém, que, para vir a cuidar bem da agricultura, uma pessoa deve aprender não só o que fazer, mas também como e quando. Isso, na minha opinião, é algo que, em nossa discussão, tratamos apressadamente, sem lhe dar muita atenção. **7.** É como se dissesses que uma pessoa, para aprender a escrever o que lhe é ditado e ler o que foi escrito, deve conhecer as letras. Ouvindo isso, teria ouvido que é preciso conhecer as letras, mas, por saber isso, em nada, a meu ver, conheceria melhor as letras. **8.** O mesmo acontece agora. Que se deve conhecer a agricultura para cuidar dela de modo certo, disso deixo-me persuadir facilmente. Sabendo disso, todavia, em nada é melhor o meu conhecimento sobre como devo exercer a agricultura. **9.** Ao contrário, se bem agora decidisse cultivar a terra, na minha opinião, seria como um médico que faz sua ronda e visita seus doentes, mas não sabe do que é bom para os doentes."

10. "Mas, Sócrates, disse, com a agricultura não acontece o mesmo que com as outras artes em que o aprendiz deve desgastar-se durante o aprendizado, antes de com seu trabalho obter o suficiente para manter-se. A agricultura não é tão difícil de aprender. Ao contrário, ora vendo quem trabalha, ora ouvindo-o, facilmente aprenderias tanto que, se quisesses, poderias ensinar a outros. Penso, disse, que sabes muito sobre ela, sem que tenhas consciência disso. **11.** Os outros artesãos, de certa forma, aliás, escondem informações importantes que cada um tem sobre sua arte e, entre os agricultores, quem sabe plantar melhor teria muitíssimo prazer, se alguém o visse trabalhar, e com o que sabe semear aconteceria o mesmo. Se lhes perguntasses sobre trabalhos que foram bem feitos, nada te ocultariam de como os realizaram. **12.** Assim também quanto ao caráter, Sócrates, a meu ver, a agricultura torna mais nobres os que a praticam."

13. "Vamos! disse eu. O preâmbulo é belo e, ouvindo-o, não me é possível desistir da indagação. Já que é tão fácil aprender a cultivar a terra, mais uma forte razão para que discorras sobre isso. Para ti não será vergonhoso ensinar o que é fácil, para mim é que será mais vergonhoso não saber, ainda mais sendo um conhecimento útil."

XVI

1. "Pois bem, Sócrates! disse. Quero demonstrar-te que não é difícil aquilo que dizem ser o aspecto mais complicado da agricultura os que, em seus discursos, sobre ela discorrem de maneira pormenorizada, mas não têm a mínima prática sobre o assunto. **2.** Afirmam eles que, para praticar a agricultura, deve-se, em primeiro lugar, conhecer a natureza do terreno."

"E é correto, disse eu, o que dizem. Quem não soubesse o que a terra pode produzir, não saberia, julgo eu, nem o que deve semear, nem o que plantar."

3. "Pois bem! disse Iscômaco. Mesmo sobre um terreno alheio é possível reconhecer o que ele pode produzir e o que não pode, olhando para as colheitas e as árvores. Uma vez sabido isso, não vale a pena lutar contra os deuses. Não é semeando ou plantando aquilo de que ele próprio carece que alguém teria o necessário para viver, mas aquilo que a terra gosta de fazer crescer ou nutrir. **4.** Se, por acaso, por causa da preguiça de seus donos, não pode mostrar do que é capaz, pode-se obter informações mais verdadeiras sobre ela observando o terreno vizinho do que falando com o agricultor vizinho. **5.** Mesmo inculta, ela dá informações sobre sua natureza. Se nela as plantas selvagens crescem belas, quando tratada, pode produzir belos frutos cultivados. Assim, a natureza da terra podem conhecê-la até os bem inexperientes na agricultura."

6. "Mas aqui está, Iscômaco, disse eu, uma questão em que me sinto bastante seguro. Não devo, por medo de não conhecer a natureza do terreno, afastar-me da agricultura. **7.** Lembrei-me do que acontece com os pescadores... Trabalham no mar, não param seu barco para contemplar a paisagem, nem têm lazer para fazer caminhadas, mas, ao passarem ao longo dos campos, apesar disso, quando vêem as colheitas em terra, não hesitam em manifestar o que acham do terreno, dizendo qual é bom e qual é mau, falando mal de um, elogiando outro. Pois bem! Vejo-os, na maioria das vezes, manifestar sobre a qualidade da terra a mesma opinião que têm os homens experientes na agricultura."

8. "Então, Sócrates, disse, por onde queres que comece a fazer-te relembrar a agricultura? Sei que do que vou falar-te, isto é, sobre como se deve cultivar a terra, muitas coisas já sabes."

9. "O que quero saber em primeiro lugar, Iscômaco, disse eu, penso que é – e isso é muito próprio do filósofo – como conseguiria, se quisesse, maior quantidade de cevada e trigo."

10. "Então! Sabes que é preciso amanhar o alqueive para a semeadura?"

11. "Isso sei", disse eu.

"Bem! e se começássemos, disse, a arar a terra no inverno?"

"Mas a terra ficaria um lamaçal!" disse eu.

"Mas no verão? É o que pensas?"

"A terra, disse eu, estará dura para a charrua revolvê-la."

12. "Pode bem ser a primavera, disse, o momento para iniciar-se esse trabalho."

"É provável, disse eu, que fique mais fofa, se for revolvida nessa hora."

"E que a grama, Sócrates, disse ele, revolvida nessa hora, forneça adubo para a terra e não solte mais sementes que possam brotar. **13.** Julgo que sabes também que, para que o alqueive fique bom, deverá estar livre de ervas daninhas e bem tostado, pelo sol?"

"Eu também, disse eu, penso que é assim que deve ser."

14. "Então, disse, achas que a isso se chegaria melhor com outras providências ou se, no verão, a terra fosse revolvida o mais freqüentemente possível?"

"Sei muito bem, disse eu, que de modo algum as ervas daninhas viriam em maior quantidade à superfície e ficariam secas sob a ação do calor, e a terra, por seu lado, ficaria mais tostada pelo sol, do que se ela fosse revolvida no meio do verão, ao meio-dia."

15. "E, quando são homens que com a enxada amanham o alqueive, disse, não é evidente que também eles devem extirpar da terra as ervas daninhas?"

"E remexer as ervas daninhas trazendo-as à superfície para a parte delas que ainda está crua ficar tostada."

XVII

1. "A respeito do alqueive, Sócrates, disse, tu vês que ambos estamos de acordo."

"Estamos, sim, de acordo", disse eu.

"A respeito da semeadura, Sócrates, tens outra opinião, disse, ou achas que a hora de semear é aquela que os homens das gerações anteriores, ao experimentá-la, e todos os de hoje, ao adotá-la, reconhecem como a melhor? **2.** Quando chega o outono, todos os homens ficam olhando para o deus, querendo saber quando trará a chuva e permitirá que semeiem a terra. É evidente que sofrem muitos prejuízos os que semeiam antes que o deus ordene que o façam."

3. "Então, quanto a isso, disse Iscômaco, nós e todos os homens estamos de acordo."

"Quanto ao que o deus nos ensina, disse eu, sempre há unanimidade. Por exemplo, todos pensam que, no inverno, é melhor vestir roupas pesadas, se lhes for possível, e acender o fogo, se tiverem lenha."

4. "Mas aqui está, disse Iscômaco, um ponto em que muitos divergem. Qual é o melhor momento para a semeadura? Será melhor o início, o meio ou o fim da estação?"

"O deus, disse eu, não leva avante o ano de maneira fixa, mas ora é melhor semear no início, ora no meio, ora no fim da estação."

5. "E tu, Sócrates? disse. Julgas melhor escolher um único momento para semear, quer haja muita semeadura quer pouca, ou ir fazendo a semeadura desde o início até o fim da estação?"

6. E eu respondi:

"Para mim, Iscômaco, é melhor repartir a semeadura durante a estação toda. Considero preferível sempre colher cereais em quantidade suficiente a ter, às vezes, muito e, às vezes, nem o suficiente."

"Pois bem, Sócrates! disse. Sobre isso nós, aprendiz e mestre, estamos de acordo, e, já antes de mim, mostraste o que pensas."

7. "E no ato de jogar a semente? Há nisso uma técnica complicada?"

"Em todo caso, Sócrates, disse, examinamos isso também. Deve-se jogar a semente com a mão e isso até tu deves saber..."

"Sei, pois já vi isso", disse eu.

"Mas, disse, uns são capazes de jogá-la de maneira uniforme e outros não."

"Então, disse eu, isso já exige que a mão esteja treinada, como a dos citaristas, para que possa acompanhar o que a mente decide."

8. "É isso mesmo, disse. Mas e se uma parte do terreno for mais leve e outra mais pesada...?"

"O que, disse, estás dizendo? Será que uma é mais leve porque mais fraca, outra é mais pesada porque mais forte?"

"É isso que digo e te pergunto se darias às duas espécies de terra a mesma quantidade de semente ou à qual das duas darias mais."

9. "Ao vinho mais forte, disse eu, creio que misturaria mais água, ao homem mais forte, se precisasse transportar algo, imporia uma carga maior, aos de mais posses incumbiria de alimentar maior número de pessoas. A terra mais fraca, disse eu, como acontece com os animais de carga, torna-se mais forte, se lhe damos mais grãos? Instrui-me sobre isso!"

10. Rindo, Iscômaco respondeu:

"Mas estás brincando, Sócrates! disse. Sabes muito bem que, se pões a semente na terra, quando surgem os brotos, eles servem de alimento para a terra e lhe dão vigor como se fosse adubo. Todavia, se deixas a terra nutrir a semente até que chegue ao fruto para ser colhido, é difícil que a terra sustente, até o fim, uma grande colheita. Da mesma forma é difícil que uma porca fraca alimente uma grande ninhada de gordos leitões."

11. "Estás dizendo, Iscômaco, que se deve pôr menos semente na terra mais fraca?"

"Por Zeus, Sócrates! É isso que estou dizendo, disse. E tu concordas comigo, quando digo que se deve impor menos encargos aos mais fracos."

12. "E os capinadores, Iscômaco? disse eu. Por que os levas às plantações?"

"Deves saber, disse, que no inverno há muita chuva."

"Não poderia, disse eu, deixar de saber..."

"Suponhamos que uma parte do trigo seja coberta pela água da chuva e pela lama espalhada e que, sob ação das enxurradas, algumas raízes fiquem expostas. Muitas vezes ainda, com a chuva, é claro, as ervas daninhas ganham vigor junto com o trigo e o sufocam."

"É provável, disse eu, que tudo isso aconteça."

13. "E então, o que achas? Nesse momento o trigo já precisa ser socorrido?"

"Com certeza!", disse eu.

"Para socorrer o trigo inundado pela lama, o que deveriam fazer?", disse.

"Livrar a terra desse peso", disse eu.

"E para o que está com as raízes descobertas?" disse.

"Amontoar terra junto das raízes", disse eu.

14. "E, se as ervas daninhas, disse, sufocam o trigo, ganham vigor junto com ele e lhe roubam o alimento como os zangões que, inúteis, roubam das abelhas o que, com seu trabalho, conseguiram guardar?"

"Seria preciso, disse eu, arrancar as ervas daninhas como os zangões são tirados das colméias."

15. "Na tua opinião, portanto, é natural que levemos capinadores ao campo?"

"É natural, sim! Mas, Iscômaco, disse eu, estou pensando... Isso é que é trazer à baila uma boa comparação! Deixaste-me muito irritado mencionando os zangões, muito mais do que falando das próprias ervas daninhas..."

XVIII

1. "Mas, depois disso, disse eu, naturalmente vem a colheita. Se podes, portanto, instrui também sobre isso!"

"A não ser, disse, que também sobre isso saibas o que sei. Vamos ver! Sabes que se deve cortar o trigo..."

"E como não iria saber!"

2. "Será que o cortarias de costas para o vento ou de frente para ele?"

"De frente? Eu, não! Penso que seria penoso para os olhos e para as mãos colher recebendo de frente a palha e as espigas!"

"E cortarias perto do topo ou perto do chão?"

"Se a haste fosse curta, disse, cortaria embaixo para ter palha bastante; se fosse alta, bom seria, penso eu, cortá-la ao meio, para que nem os que vão pisá-lo, nem os que vão abaná-lo tenham trabalho a mais com algo de que não precisam. O que fica na terra eu penso que, aí deixado e queimado, ajudará a terra e, misturado ao adubo, aumentará o volume dele."

3. "Vês, Sócrates, disse, como estás sendo apanhado em flagrante? Também sobre a colheita sabes o que eu sei!"

"Pode bem ser, disse. Quero é examinar se também sei pisar o trigo..."

"Bem! disse. Sabes que pisam o trigo com animais de carga?"

4. "Como não saberia! disse. Bois, mulas, cavalos, a todos chamamos animais de carga..."

"Então, disse, achas que o que eles sabem só dá para fazê-los pisar o trigo quando tocados por alguém?"

"Que mais, disse eu, saberiam animais de carga?"

5. "Como então esmagarão o que devem? Como o trigo a ser pisado será espalhado por igual? A quem cabe essa tarefa, Sócrates?"

"Claro que aos pisadores! disse eu. Circulando e jogando sob os cascos o trigo ainda não pisado, é claro que deixarão por igual a eira e acabarão bem rapidamente a tarefa."

6. "Pois bem! Quanto a saber isso, disse, também não ficas atrás de mim."

"Então, Iscômaco, disse eu, depois disso, abanando-o, limparemos o trigo..."

"Dize-me, Sócrates, disse Iscômaco, se sabes que, se começares a abanar a partir do lado da eira de onde vem o vento, a tua palha se espalhará por toda a eira!"

"Por força isso acontecerá", disse eu.

7. "Então pode-se esperar, disse, que caia sobre o trigo?"

"Seria muito, disse ele, a palha ultrapassar o trigo e cair na parte vazia da eira..."

"E se alguém abanar, disse, começando do lado oposto ao vento?"

"Claro, disse, que a palha cairá direto no lugar reservado para ela."

8. "Depois que limpares o trigo, disse, até o meio da eira, deixarás o trigo espalhado e abanarás o restante da palha ou amontoarás, bem amontoado, o trigo já limpo no centro?"

"Por Zeus! disse eu. Amontoarei o trigo limpo para que a palha me seja levada para mais longe, até a parte vazia do terreiro, e não precise abanar duas vezes a mesma palha."

9. "Ah! Sócrates! disse. Poderias até ensinar um outro como limpar o trigo."

"Pois bem! disse eu. Eu sabia e não percebia... Há algum tempo estou pensando... Será que, sem perceber isso, sei fundir ouro, tocar flauta e desenhar? Ninguém me ensinou isso, nem a cultivar a terra, mas olho para os que ficam cultivando a terra, olho para os que exercem as outras artes..."

10. "E eu, disse Iscômaco, não te dizia há pouco que é por isso que a agricultura é uma arte muito nobre e muito fácil de aprender?"

"É isso, Iscômaco! disse eu. Sabia tudo a respeito da semeadura e não percebia..."

XIX

1. "E então, disse eu, o plantio de árvores frutíferas também é parte da arte da agricultura?"
"É, sim", disse Iscômaco.
"Então, disse eu, poderia entender o processo da semeadura sem entender o do plantio de árvores frutíferas?"
2. "E tu não entendes?", disse Iscômaco.
"Como? disse eu. Não sei em que espécie de terra se deve plantar, nem a profundidade da cova, nem sua largura, nem o tamanho da muda, nem como colocá-la na terra para que brote melhor..."
3. "Vamos! disse Iscômaco. Aprende o que não sabes! Que espécie de covas fazem para as mudas, isso sei que já viste", disse.
"E muitas vezes!", disse.
"Então... já viste uma delas com mais de três pés de fundo?"
"Por Zeus! disse eu. Nem com dois pés e meio..."
"E... já viste uma com mais de três pés de largo?"
"Por Zeus! disse eu. Nem de dois pés..."
4. "Vamos! disse. Responde-me também isto! Já viste alguma com menos de um pé de fundo?"
"Por Zeus! disse. Não vi nem com menos de um pé e meio... Ao serem sachadas, disse eu, as plantas se desenraizariam, se fossem plantadas assim na superfície."

5. "Então, Sócrates, disse, aí está algo que sabes bem. Não cavam mais fundo que dois pés e meio, nem mais raso que um pé e meio."

"É forçoso ver isso, já que está à vista de todos."

6. "Só de olhar, disse, distingues a terra mais seca e a mais úmida?"

"Seca, na minha opinião, disse eu, é, por exemplo, a das cercanias do Licabeto[14] e a semelhante a ela, úmida a das baixadas em Falero[15] e a semelhante a essa."

7. "Em qual das duas, disse, na seca ou na úmida, abririas cova mais funda para a muda?"

"Na seca, por Zeus! disse eu. Cavando fundo na terra úmida, encontrarias água e então não poderias plantar."

"Parece certo o que estás falando, disse. E, quando estão abertas as covas, já viste como se deve colocar as plantas num e noutro tipo de terra?"

"Muitas vezes", disse eu.

8. "Então, querendo que elas brotem o mais rápido possível, julgas que, se colocares a muda do sarmento sobre terra lavrada, ela crescerá mais rápido através da terra fofa que através da inculta até o chão duro?"

"É evidente que brotará mais rapidamente através da terra lavrada que da inculta."

---

14. Monte ao norte de Atenas.
15. Baía de águas pouco profundas a leste de Atenas.

"Então dever-se-ia colocar terra lavrada sob a planta."

"E por que não?"

9. "Se fincares todo o sarmento verticalmente, voltado para o céu, pensas que ele criaria raízes mais rapidamente ou se o fincasses um pouco obliquamente na terra posta debaixo dele de forma que fique como um *gamma*[16] deitado?"

10. "Assim, por Zeus! Os olhos, sob a terra, seriam mais numerosos. Vejo que as plantas brotam para o alto a partir dos olhos; imagino, então, que também com os que ficam embaixo da terra aconteça o mesmo. E, sob a terra havendo muitos brotos, imagino que a muda vicejará rápida e vigorosamente."

11. "Pois bem! Também sobre esses pontos, pensas justamente o mesmo que eu. Apenas amontoarias terra em volta da muda ou também a socarias bem?"

"Por Zeus! Eu socaria. Se não estivesse bem socada, sei bem, com a chuva a terra não socada viraria barro e, com o sol, ficaria seca até bem embaixo de forma que as plantas correriam risco, sob a ação da água, de apodrecer por causa da umidade e de murchar por causa da secura, com o aquecimento das raízes."

12. "Ah! Sócrates, também sobre o plantio de vinhedos, disse, tens justamente a mesma opinião que eu."

---
16. Terceira letra do alfabeto grego (γ).

"Será que se deve, disse eu, plantar assim também a figueira?"

"Penso que sim, disse Iscômaco. E também as outras árvores frutíferas. Do que está bem para o plantio do vinhedo porias algo de lado para os outros plantios?"

13. "E a oliveira? disse eu. Como a plantaríamos, Iscômaco?"

"Também nisso, disse, estás tentando pôr-me à prova, já que sabes tudo muito bem. Para a oliveira, vês que fazemos covas mais fundas, pois as cavamos ao longo das estradas. Vês que para todos os galhos novos há pequenas estacas e que, sobre o topo de cada muda, se coloca barro e a parte superior de todas elas é coberta."

14. "Vejo tudo isso", disse eu.

"Se é que vês, disse, o que há nisso que não entendes? Ou será que o que não sabes é colocar o pequeno pote sobre o barro?"

"Não, por Zeus! disse eu. Nada do que disseste eu ignoro, mas, de novo, fico pensando... Por que será que, há pouco, quando me perguntaste, de vez, se sabia plantar, respondi que não? Achava que nada poderia dizer sobre como se deve plantar. Agora que te puseste a me perguntar ponto por ponto, o que respondo, e és tu que dizes, coincide com a opinião que tu, tido por excelente agricultor, tens."

15. "Será, Iscômaco, continuei eu, que interrogar é ensinar? É agora, disse eu, que estou compreendendo por onde me levavas com cada pergunta! Levando-me através do que eu sabia, mostrando-me que eram semelhantes ao que pensaria não saber, fiquei convencido e julgo que sei isso também."

16. "Então, disse Iscômaco, interrogando-te eu sobre moedas de prata, será que poderia convencer-te de que sabes discernir quais são as moedas de prata pura ou não? E sobre citaristas, poderia convencer-te de que sabes tocar flauta? E sobre desenhistas, sobre artistas como esses?"

"Talvez, possas... disse eu. Convenceste-me até de que sou perito em agricultura, embora saiba que ninguém jamais me ensinou essa arte."

17. "Não, Sócrates! disse. Isso é impossível. Há pouco, porém, eu te dizia que a agricultura é uma arte tão amiga dos homens e tão fácil que basta que a olhemos e a ouçamos para que ela nos torne peritos nela. **18.** Sobre muitas coisas, disse, é ela mesma que ensina como usá-la da melhor maneira. Subindo nas árvores se há uma árvore perto, a videira nos ensina a sustentá-la; abrindo à sua volta uma cobertura com seus galhos quando ainda seus cachos estão tenros, ensina-nos a sombrear nessa hora os que estão sendo batidos pelo sol. **19.** Quando chega o momento certo em que os cachos vão ficando doces, deixando cair suas folhas, ensina-nos a desbastá-la para que, assim, os frutos amadureçam. Enfim, já que é muito fecunda, mostrando que uns bagos estão maduros, enquanto outros estão mais verdes, ensina-nos a fazer a colheita, como a dos figos, à medida que eles ficam suculentos."

XX

1. Então eu respondi:

"Então, Iscômaco, se os trabalhos da cultura da terra são tão fáceis de aprender e todos sabem igualmente o que se deve fazer, como é que todos também não se saem igualmente bem, mas uns vivem na abundância e têm além do necessário e outros não conseguem ter nem o necessário e até fazem dívidas?"

2. "Vou explicar-te, Sócrates, disse Iscômaco. Não é a ciência nem a ignorância dos agricultores que faz que uns sejam abastados e outros carentes. Não ouvirás dizer, talvez, disse, que corre o boato de que **3.** o patrimônio está arruinado porque não se semeou por igual; porque não se fez corretamente o plantio das mudas; nem porque, por ignorar-se que terra produz videiras, o plantio foi feito em terra que não a produz; nem porque não se soube que é bom amanhar previamente o alqueive; nem porque não se soube como é bom misturar adubo à terra. **4.** Em vez disso, ouvir-se-á que dizem o seguinte: Fulano não tira trigo de seu campo, pois não cuida que seja semeado, nem que seja adubado. Nem vinho Sicrano tem, porque não cuida do plantio das videiras, nem da produção das que já tem. Nem óleo, nem vinho tem Beltrano, pois não cuida disso, nem mesmo para que os tenha. **5.** É porque, em assuntos como esses, disse, os agricultores são diferentes uns dos outros que o sucesso deles é também diferente e não porque uns acham que descobriram um modo engenhoso de lavrar. **6.** Também os estrategos, em algumas ações militares, mesmo não sendo diferentes uns dos outros quanto à inteligência, uns são melhores e outros piores, mas isso evidentemente pelo zelo que têm. Os conhecimentos que os estrategos têm, a maioria dos soldados também tem e uns estrategos os põem em prática, outros não. **7.** Por exemplo, todos sabem muito bem que, ao caminharem através de uma terra inimiga, é melhor caminhar em formação de marcha de modo que possam combater com excelência, se for preciso. Pois bem! Mesmo sabendo disso, uns fazem assim, outros não. **8.** Todos sabem que é melhor instalar postos de guarda, diurnos e noturnos, diante do acampamento. Mas também uns cuidam que isso se faça, outros não cuidam. **9.** Quando passam por um desfiladeiro, é difícil encontrar quem não saiba discernir se é melhor ou não ocupar previamente as posições favoráveis? Também nisso, porém, uns cuidam de fazer assim, outros não. Pois bem! **10.** Todos dizem que o adubo é ótimo para o cultivo da terra e estão vendo que ele se faz sozinho. Apesar de saberem precisamente como ele se faz, mesmo sendo fácil fazê-lo, uns cuidam de formá-lo, outros deixam isso de lado. **11.** Entretanto, água o deus lá do alto fornece, todas as baixadas tornam-se alagados, a terra fornece ervas daninhas de todas as espécies... Atirando-se na água tudo o que é arrancado para que não atrapalhe, por si só, o próprio tempo faria com isso o adubo com que a terra se apraz. Que erva daninha, que terra na água estagnada não se transforma em adubo? **12.** De quantos cuidados carece a terra, quando muito úmida para a semeadura ou muito salgada para o plantio? Isso todos sabem e também como a água é drenada em valas, como a salinidade é corrigida com a mistura de substâncias não salinas, líquidas ou secas. Disso, porém, uns cuidam, outros não. **13.** Suponhamos que alguém fosse absolutamente ignorante sobre o que a terra pode produzir, não tivesse possibilidade de ver o que ela produz, nem suas plantas, nem de ouvir alguém sobre como ela é de verdade... Nesse caso, não seria mais fácil que qualquer um adquirisse experiência sobre a terra que sobre um cavalo e muito mais facilmente que sobre um homem? Não há o que ela mostre para enganar... Ao contrário, de maneira simples, mostra com clareza e verdade aquilo de que é capaz ou não. **14.** Na minha opinião, pelo fato de que apresenta tudo de maneira fácil de ver e de aprender, faz-nos também discernir muito bem os bons e os maus. De fato, os que não trabalham não podem alegar que não sabem, como acontece com as outras artes. **15.** Todos sabem que a terra, bem tratada, traz benefícios. Ao invés disso, a preguiça no cultivo da terra denuncia, de modo claro, a alma vil. De que é possível viver sem o necessário nem mesmo a si próprio alguém poderia persuadir-se. Quem não conhece outra arte lucrativa, nem quer cultivar a terra, evidentemente planeja ganhar a vida furtando ou roubando ou mendigando ou então é totalmente louco... **16.** Para a agricultura dar lucro, fará grande diferença se, havendo grande número de lavradores, uma pessoa cuida de que cumpram suas horas de trabalho e outra não cuida disso. Facilmente fará diferença se um, em cada dez homens, trabalhar o tempo todo e fará diferença se um ou outro vai embora antes do tempo. **17.** Deixar que homens façam corpo mole no trabalho, durante todo o dia, faz uma diferença de meio para o todo. **18.** É como nas caminhadas de duzentos estádios, às vezes há uma diferença de cem estádios entre a velocidade de dois homens, ambos jovens e sadios, quando um se empenha e caminha na direção de seu destino e o outro vai ao léu, parando junto às fontes e sob a sombra, contemplando a paisagem e buscando brisas suaves... **19.** Assim também, na lavoura, haverá diferença na eficiência dos que se empenham naquilo de que foram incumbidos, e os que não se empenham mas buscam pretextos para não trabalhar e são deixados à vontade, sem nada fazer. **20.** Entre cuidar que o trabalho seja bem feito e cuidar mal dele há tanta diferença quanto entre trabalho e inatividade, em seu sentido pleno. Quando, ao capinar para que as plantas fiquem livres das ervas daninhas, capinam de forma que as ervas daninhas cresçam e fiquem mais bonitas, poderias deixar de afirmar que isso é algo que dá em nada?"

21. "Aí está, portanto, o que arruína os patrimônios muito mais do que a ignorância excessiva. Se as despesas saem das casas sem restrição, se a lavoura não produz de maneira lucrativa em relação à despesa, não se deve estranhar se, ao invés de fartura, tudo isso gera pobreza."

22. "Todavia, para quem é capaz de ser cuidadoso e cultiva a terra com empenho, há um meio eficiente de enriquecer que meu pai usou, ele próprio, e me ensinou. Jamais me deixava comprar um terreno já totalmente lavrado; aconselhava-me, ao contrário, a comprar um que, por descuido ou incapacidade dos proprietários, estivesse improdutivo ou não plantado. **23.** 'Os bem lavrados, dizia, são muito caros ou não dão margem a benfeitorias.' Os que não dão margem a benfeitorias, a seu ver, não davam prazer igual, mas, ao contrário, pensava ele, é o que está próspero, propriedade ou rebanho, que proporciona mais alegrias. Ora, nada dá maior margem a benfeitorias que um terreno que se torna, de inculto que era, capaz de produzir colheitas de várias espécies. **24.** Fica sabendo, Sócrates, disse, que valorizamos muitos terrenos mais de cem vezes em relação ao preço primitivo. E esse achado, Sócrates, é tão valioso, disse, tão fácil de aprender que, tendo-me ouvido agora, tu te vais tão capaz quanto eu e ensinarás a um outro, se quiseres. **25.** E meu pai nem aprendeu com outro, nem ficou pensando e repensando para dar com ele; ao contrário, dizia, foi por gostar da cultura da terra e do trabalho que ambicionou possuir um terreno assim para ter com que ocupar-se e, ao mesmo tempo, tendo lucro, sentir prazer. **26.** E meu pai, Sócrates, disse, na minha opinião, era entre os atenienses quem, por natureza, tinha maior gosto pela agricultura."

Eu ouvi isso e lhe perguntei:

"Iscômaco, teu pai mantinha a posse de todos os terrenos que havia acabado de lavrar bem ou os vendia, se encontrava preço alto?"

"Por Zeus! disse Iscômaco. Vendia-os, mas imediatamente comprava outro no lugar deles, mas um que estivesse improdutivo porque gostava de trabalhar."

27. "Estás dizendo, Iscômaco, disse eu, que realmente teu pai, por natureza, não gostava menos da agricultura que os mercadores gostam do trigo. Os mercadores, por gostarem muito do trigo, se ouvem que ele é abundante em algum lugar, aí vão buscá-lo atravessando o mar Egeu, o Ponto Euxino e o mar da Sicília. Depois que compram quanto podem, transportam-no por mar, isso fazendo no mesmo navio em que navegam. **28.** Quando precisam de dinheiro, não se desfazem dele a esmo lá mesmo onde estão, mas onde, segundo o que ouvem dizer, o trigo alcança preço maior e onde as pessoas o pagam mais caro, é a esses que eles o levam e entregam. Acho que era mais ou menos assim que seu pai gostava da agricultura."

29. Respondendo a isso, Iscômaco falou:

"Estás brincando, Sócrates! disse. Para mim, não gosta menos de construir casas quem as constrói e, tendo chegado ao fim de sua construção, vende-as, construindo outras depois."

"Por Zeus, Iscômaco! disse. Sob juramento, digo-te que dou fé ao que dizes: Todos, por natureza, gostam daquilo de onde esperam tirar proveito."

XXI

1. "Mas agora, Iscômaco, disse, fico pensando... Preparaste bem toda a tua argumentação para servir de apoio para tua tese! Propuseste como hipótese que a arte da agricultura era, entre outras, a mais fácil de aprender, e eu agora, a partir do que disseste, estou plenamente convencido de que assim é."

2. "Por Zeus, é, sim! disse Iscômaco. Mas, Sócrates, quanto à afirmação de que a aptidão para o comando é característica comum a todas as atividades – agricultura, política, administração do patrimônio e guerra –, nisso estou de acordo contigo: em inteligência as pessoas diferem muito umas das outras. **3.** Numa trirreme, por exemplo, disse, quando estão em alto-mar e precisam navegar remando o dia todo, alguns chefes são capazes de falar e agir de modo que dêem ânimo a seus homens para que labutem de boa vontade, outros são tão faltos de decisão que levam o dobro de tempo para completar a mesma travessia. Aqueles desembarcam cobertos de suor, mas fazendo e recebendo elogios, comandantes e subordinados; os outros chegam sem suor, odiando o superior e odiados por ele. Também nisso os estrategos diferem uns dos outros. **4.** Uns não tornam seus homens dispostos ao trabalho penoso nem a correr riscos e eles não acham bom nem querem obedecer a não ser que sejam forçados a isso pela necessidade e até orgulham-se de enfrentar seu chefe. **5.** Ao contrário, os que são inspirados pelos deuses e corajosos, à frente desses mesmos homens e, muitas vezes, também de outros que tomam sob seu comando, conseguem que, por senso de honra, nada eles queiram fazer que lhes traga vergonha e vejam que vale a pena obedecer e, sentindo-se orgulhosos da obediência que prestam, como indivíduos e como conjunto, entregam-se ao labor quando necessário, labutando sem desanimar. **6.** Como, no íntimo de alguns soldados rasos, há amor pelo trabalho penoso, também na tropa como conjunto, quando seus chefes são corajosos, passa a existir amor pelo trabalho penoso e pelas recompensas que terão ao praticar um feito nobre à vista dos chefes. **7.** Tornam-se chefes fortes os que têm subordinados assim dispostos para com ele e não, por Zeus!, os que têm corpos mais fortes que os de seus soldados ou são excelentes no uso do arco e do dardo e, com um cavalo excelente, enfrentam os perigos mostrando-se cavaleiro ou peltasta excelente. São fortes chefes, ao contrário, os que são capazes de inculcar nos seus soldados a idéia de que devem segui-lo através do fogo e de todo perigo. **8.** Por justiça diríamos homens de alma grande aqueles a quem, concordes, todos seguem. É natural que se diga que marcha com uma grande mão aquele a cuja decisão tantas mãos querem prestar serviço e realmente é grande esse homem que é capaz de realizar grandes proezas, mais com a inteligência que com a força física. **9.** O mesmo acontece na vida particular, quer o encarregado seja intendente, quer feitor, quando se pode fazer que tenham ânimo e garra para o trabalho e perseverança também. **10.** São esses que, rápidos, chegam ao sucesso e conseguem acumular fortuna. Se o patrão, Sócrates, disse, comparece ao trabalho, ele que pode infligir pesadas punições ao mau trabalhador e dar grandes recompensas ao de bom ânimo e os trabalhadores nada fazem que dê na vista, eu não teria como admirá-lo. Se, ao contrário, porém, são estimulados ao vê-lo e em cada um deles surge um ímpeto, um gosto pela competição mútua e o desejo de ser o mais forte, é sobre esse que eu diria que tem o caráter de um rei. **11.** Na minha opinião isso é o mais importante em todo trabalho em que há algo feito por homens e também na agricultura. Mas, por Zeus!, não estou dizendo que isso se aprende só de ver e ouvir uma única vez. Afirmo, ao contrário, que, para vir a ter essa capacidade, é preciso formação e também boa inspiração vinda dos deuses. **12.** Exercer o mando sobre quem isso aceita de bom grado não é, penso eu, só um dom humano, mas dom divino. É evidente que é concedido aos que estão devotados à verdadeira sabedoria. Impor a tirania sobre quem não a quer, penso eu, os deuses concedem a quem julgam merecer viver como Tântalo[17], de quem se diz que, no Hades, passa a eternidade com medo de morrer uma segunda vez.

....
17. Antigo rei da Frígia, pai de Bróteas, Pelops e Níobe. Foi condenado a sofrer o tormento da fome e da sede, tendo diante dos olhos, mas fora de seu alcance, alimentos e água.